苏童作品系列

苏童

THE TAMING OF
THE SON
SU TONG

驯子记

上海文艺出版社
Shanghai Literature & Art Publishing House

目录

肉联厂的春天 - 1

桂花连锁集团 - 51

驯子记 - 111

群众来信 - 167

肉联厂的春天

人们把金桥所在的工厂称作屠宰厂，那是由于某些懒惰的因循守旧的语言习惯。当我在这里讲述金桥的故事时，我首先想替他澄清一个事实，金桥不在屠宰厂工作，金桥是东风肉联厂屠宰车间的工人。金桥确实与杀猪这门职业有关，但天天与生猪打交道并不证明他就是个杀猪的，况且金桥从走进肉联厂的第一天起就开始盘算怎样离开这个油腻的令人反胃的地方。

春天的太阳照耀在肉联厂的红色厂房和露天清洗槽上。这是生猪的丰收季节，从厂房的各个窗口传来机器切割猪肉的欢快的声音，冷库的女工们穿着臃肿的棉袄从金桥身后突然冒出来，她们倚靠在清洗槽上扯下口罩，一些粗俗的脏话纷乱地倾泻在金桥的耳朵里。女工们在咒骂一个人：猪头、下水、尿泡，她们在用一种职业术语咒骂一个人。金桥觉得很有趣，他不知道那些女工在骂谁，反正不会是骂他。金桥放下手里的刷子，关上水龙头，停止了刷洗衣服上那块污渍的动作，他回过头朝女工们笑了笑，他说，你们在骂谁？

谁？除了那只猪头还会骂谁？一个女工挥着手里的口罩

说，她的声调起初是忿然的，但当她发现金桥是个陌生人时，身体便很消极地往后扭过去，重新半倚半坐在清洗槽上，你是新工人？她审视着金桥，突然扑哧笑了一下，她说，你拿着刷子刷什么？刷工作服？工作服有什么可刷的？今天干净了明天还会脏，你这么爱干净就不该到肉联厂来。

胸口弄上了一摊猪血，没想到猪血那么难洗，怎么刷也刷不干净。金桥说。

你不会是奸细吧？那个女工说，你不会去向他告密吧？

我向谁告密？金桥反问了一句。

猪头呀。女工这时近似卖弄风情地朝金桥挤了挤眼睛，然后她说，你要是敢告密，我们就把你拖到冰库里，跟生猪冻在一起。

金桥愣了一下，他刚想问什么，清洗槽边的女工们突然鸦雀无声，她们的目光一齐投向屠宰车间与浴室之间的路口，一个戴鸭舌帽的男人拖着一只袋子从那儿走过来。女工们几乎齐声骂了一句，猪头，下水，尿泡，一边骂一边仓皇地散去。金桥望着她们的背影在冰库的棉帘后面消失，他觉得肉联厂的人们行为有点古怪。金桥拿起刷子在右胸前又刷了一下，他眼角的余光迎接着那个戴鸭舌帽的男人，金桥已经注意到那个男人面色红润眉目清癯，他拖着袋子走路仍然显出一种干练敏捷的作风，他就是猪头，金桥想为什么把他叫做猪头呢，在他从小生长的城北地带，人们习惯于将那种容貌丑陋或性格反常的人斥为猪头，那是一种污辱性的说法，而拖着袋子迎面走来的那

肉联厂的春天　　3

个人看上去酷似一个以风度、口才和修养闻名于世的外交家，当他的瘦长的身影和身后的蛇皮袋越来越近，金桥几乎目瞪口呆。假如没有那只沾满污渍的蛇皮袋，假如他穿上深蓝色的中山装，再在中山装口袋里插上一枝钢笔，金桥真的相信他看见了那位已故外交家的亡灵。

猪头？金桥想起冷库女工们恶毒的声音，她们竟然骂他是猪头，金桥的心里突然升起一种代人受过的歉意，他的脸也莫名其妙地红了起来。我在这里提醒关心金桥事件的人注意这个细节，当金桥与徐克祥在肉联厂的清洗槽边初次相遇时，金桥用刷子最后刷了一下他的被玷污的工作服，然后他迅速整了整头发、衣领和皮带，人像一棵无精打采的植物突然受到了雨水和阳光的刺激，笔直地站得一丝不苟，当然更重要的是金桥注视徐克祥的目光，除了不必要的窘迫和慌乱外，还有一种深深的拜谒偶像式的崇敬。

你是金桥？徐克祥一眼就认出了金桥，他放下那只蛇皮袋子，走上去跟金桥握手，第一天上班吧？徐克祥说，怎么样，还习惯吗？

习惯，不，不是习惯，金桥有点语无伦次地端详着徐克祥，他说，眼镜，一副白框眼镜，你是不是也有一副白框眼镜？

我不戴眼镜，我就是徐克祥，叫我老徐好了，徐克祥说，肉联厂上上下下都叫我老徐，别叫厂长，也别叫我书记，就叫老徐好了。

老徐，我，我觉得你很像一个人。

像个工人？嘿，我本来就是工人出身。徐克祥突然朗声大笑，他的表情也显得更加快乐，别人都这么说，像工人就好，要是我老徐哪天不像工人像干部了，徐克祥倏地收住笑容，右手往肩后一挥，说，那我老徐就官僚了，你们就别叫我老徐，叫我徐官僚好了。

金桥又一次被徐克祥的手势震惊了，右手往肩后一挥，那个已故外交家在加重语气时右手就是这样的，轻轻地却是果断地往肩后一挥，没有人能够轻易地模仿这种手势，金桥盯着徐克祥的右手，他想现在那只右手该握紧了撑在腰上了，金桥不知道是什么导致了这种神奇的事实，他看见徐克祥的手慢慢地撑在腰上了。

你怎么这样拘束？徐克祥一只撑着腰部，另一只手亲昵地在金桥肩上拍了一下，他说，千万不要怕我，金桥，你看你还不知道我是谁，我却能叫出你的名字了，我看了你的档案材料，一下子就全记住了，我做领导别的本领不强，就是记性好，什么都能记住。

过目不忘，外交家都是这样的。金桥喃喃地说，太像了，你们简直太像了。

徐克祥这时候的注意力重新投向了脚边的蛇皮袋，他的神情突然变得凝重了，两道剑眉拧结起来，金桥，来，我们把这袋东西送回冰库去，他抓着蛇皮袋的一角，叹了口气说，这样下去不行，一定要刹一刹这股歪风了。

什么歪风？袋子里装的什么？

猪头、猪下水，还有别的，有人总是想挖肉联厂的墙角，他们把袋子偷偷拖到围墙边，扔出墙，外面有人接应，让我逮住好几回了。徐克祥说，猪头、猪下水难道就不是国家财产吗？怎么可以偷？这样下去不行，一定要刹一刹这股歪风。

金桥帮着徐克祥抬起蛇皮袋朝冷库走，蛇皮袋上的油污和血渍再次弄脏了金桥洗干净的双手。从袋子里渗出的猪内脏的腥味使他感到反胃，金桥尽量克制住呕吐的欲望。他顺应着徐克祥的步伐走到冷库门前，终于忍不住地丢下袋子，哇的一声吐出来了。

你还没习惯肉联厂的环境，习惯了就不会吐了，习惯了就好了。徐克祥在后面说。

我受不了猪肉的腥味，金桥一边吐一边说，我以为这里是做罐头的，我搞错了。这么脏，到处是猪血，到处是腥臭，我不会在这里呆下去的。

那你想去哪里工作？徐克祥在后面说。

哪里都比这里好。金桥从口袋里抓出那把刷子，又开始四处刷洗胸前和裤腿上新添的污渍，他的回答当然有点闪烁其词。他听见徐克祥在他身后发出一声冷笑，金桥猛地回过头来想看看他冷笑的模样。据说那位已故外交家与对手谈判时也常常突然发出一声冷笑，他的冷笑被誉作钢铁般的冷笑。但金桥看见的只是徐克祥的颀长的钢铁般的背影，徐克祥独自拖着那只袋子拉开了冷库的大门。

金桥站在冷库的大门前，冷库低于地面水平线，金桥现在可以更加全面地观察肉联厂。附近的一块稀疏的没有返青的草坪，土红色或者灰白水泥的厂房，厂房上空没有煤烟，天基本上是蓝色的，阳光也像是从电扇里均匀地吹出来的，吹到脸上都是春天的气息，只是生猪肉的腥味始终混杂在其中。金桥看见一朵云从更高的天空游弋而过，让他惊奇的是那朵云的形状就像一头小猪昏睡的形状。

从第一天起金桥就向许多人埋怨他的处境，他是个注重仪表风度的人，在报考外交学院三次失败后，他做了委曲求全的准备，但是他没有准备天天与生猪打交道。假如不能走向联合国安理会椭圆形大厅的台阶，是不是就要他到肉联厂来向生猪们阐述他对世界和平的观点呢？金桥的语气悲凉而充满自嘲意味。他的朋友们注视着金桥嘴角上的一个水泡，他们等待着金桥对国际风云的预测。但金桥不再侃侃而谈，他说，猪，猪肉，猪肝，猪大肠，他妈的，我竟然天天和这些鬼东西在一起！有一个朋友大概想安慰金桥，他说，肉联厂其实也没有什么不好的，每人每月领三斤猪肉，一分钱不花。但那个朋友很快就知道，自己失言了。他看见金桥投来的目光令人心悸，阴郁、狂怒和悲伤，那是朋友们从未见过的金桥的目光。

金桥的小阁楼上气氛沉闷，一群年轻人凌乱地坐在地铺上板凳上，他们一齐用怜悯的目光注视着金桥和他嘴角的水泡。临河的窗台上那只袖珍收音机仍然在播报新闻，有关非洲的饥荒，一个浑厚的客观的男中音告诉小城的人们，在遥远的沙漠地区,又有多少妇女和儿童死于干旱和饥饿。

有人悄悄地把手伸到窗台上关掉收音机。

别动。金桥猛地抬起头说,开着收音机,这是最新消息。

朋友们陪着金桥听新闻,但他们的目光开始在狭小的阁楼上游移不定。临河的民居和草草隔砌的阁楼里总是显得幽暗沉闷的,尤其是在宾客们都沉默无语的时候。春天在金桥家的那次聚会,唯有板壁上的那些彩色和黑白的人像栩栩如生,他们都是阁楼的主人金桥崇拜的中外外交家,是他们的笑容、动态在小阁楼里挥洒着仅有的一点活力。

春天的那次聚会,朋友们记得金桥仍然穿着他钟爱的白色涤麻衬衫,衬衫领子下打了一条黑红条纹领带,他的装束也仍然与墙上的某一名外交家相仿。他们还记得金桥在长久的沉默后突然嗤地一笑,他指着墙上的一张人像说,肉联厂有一个人,跟这个老焦长得一模一样,你们想象不出他跟老焦有多么相像。

老焦是金桥对那名外交家的昵称。照片上的老焦正在与人交谈,他的右手富有个性地向肩后一挥,手的周围因此留下一圈白花花的空白。朋友们对老焦一知半解,他们只是听金桥说那位潇洒睿智的外交家已经在多年前含冤离世了。

金桥嘴角上的那个水泡也给人留下了深刻的印象,当然,熟悉金桥的朋友们不会简单地把它归为气候干燥的原因,春季固然干燥,但金桥不会因为季节而气血不畅,那个损害了金桥仪表的水泡无疑与一种恶劣的心情有关。

火车站的广场是眉君与金桥约会的地方。

眉君坐在喷泉池边，与往常一样，她身边放着金桥送给她的生日礼物，一只贵州苗族人编织的蜡染布包。眉君的两只红皮鞋互相弹击着，弹击声轻重缓急不一，似乎想演奏一支曲子。眉君从蜡染布包里拿出一盒橙汁，很响亮地吸着，而她的眼睛却愤怒地斜睨着路口的过往行人。

金桥终于来了，金桥修长挺拔的身影一出现，眉君便低下头，正襟危坐，扔下橙汁盒，从包里拿出一本书放在膝盖上，《白宫风云》，无疑这本书也是金桥送给她的。

小姐是去巴黎吗？金桥微微弯腰站在眉君身边，他说，开往巴黎的东方快车六点五十分开，你该上车了。

我不去巴黎。眉君说，哼，巴黎，巴黎算什么东西？

那么小姐是去索马里看望灾民？你应该先到雅温得或者开罗，然后搭非洲航空公司的班机到摩加迪沙。

我哪儿也不去。眉君突然合上书，她用一种讥讽和挖苦的表情盯着金桥，她说，我去屠宰厂，告诉我去屠宰厂怎么走？

金桥愣了一下，他在眉君旁边慢慢地坐下，你今天怎么啦？他说，一点幽默感也没有，你忘了幽默的十大妙用了？

为什么迟到？眉君几乎是叫喊了一声。

我在洗澡，主要是洗头发。金桥揪住自己的一绺头发给眉君看，为了来见你，我必须把头发上的油腻和猪肉味道洗掉，金桥说，你不知道洗掉那些东西有多么困难，我怎么能让你闻

肉联厂的春天　9

见肉联厂的气味？你别生气，我迟到是尊重女士的一种表现。

油嘴滑舌。眉君小巧而丰满的身子渐渐地朝金桥一侧扭过来，她瞪着金桥松软洁净的头发说，你还有闲心油嘴滑舌？你还洗什么头发？现在几点钟了？

六点五十分，怎么啦？

气死我了。眉君的身体再次愤怒地背离金桥，她站起来的时候脸涨得很红，我再也不管你的事了，我再管你的事我也是白痴。眉君拿起那只蜡染布包风一样地掠过金桥身边，跑出去几米远，她又回过头喊，金桥，你这种人天生就该在屠宰厂杀猪！

金桥伸手去抓眉君的裙子，但是没有抓住，与此同时他想起了与眉君的约定，六点半他们要去一个姓顾的干部家里。他想起那个姓顾的干部是眉君家的远房亲戚，更主要的是金桥想起那个人在劳动局工作，眉君说他或许能帮金桥，让金桥的档案从肉联厂退回劳动局。

你回来，金桥高声朝眉君的背影喊道，我们去劳动局，不，我们去你亲戚家里。金桥追着眉君跑了几步，但很快就站定了，因为火车站广场上的人都向他侧目而视，这给金桥带来了极其糟糕的压力，不管天大的事情，金桥绝不做任何斯文扫地的事，当然在众目睽睽之下追逐女友总是事出有因，问题是金桥的鞋带松了，左脚上的皮鞋很有可能在奔跑中掉落。不管天大的事情，金桥不会甘冒这种危险在火车站的广场前奔跑的。

眉君的背影在嘈杂的人流车辆中消失了,金桥能感觉到那是一个被伤透了心的女孩的背影。我怎么会把这件最重要的事忘了呢?金桥想想自己确实有点荒唐,每天想着告别肉联厂,却把付诸行动的第一个计划忘了。金桥回忆起他走进浴室之前还是记着六点半的行动的,但不知怎么当他淋浴完毕,当他把油腻的工作服扔进工具箱换上自己的白涤麻衬衫,当他以一种自我满意的姿态走近火车站和女友时,那些琐碎的实用性的计划便离开了他的思想。他记得在眉君拂袖而去之前,他脑子里盘桓的那些遥远却又美丽的语汇,唐宁街、工党、保守党、密特朗和爱丽舍宫,联合国教科文组织,还有一面奇怪的红黄蓝白四色国旗。

是我自己的错。金桥用食指按住自己的太阳穴,他毕竟不在纽约的联合国总部,甚至不在北京的外交部大楼,他必须这样按住一部分思想,让另一部分切合实际的思想生长出来。

《白宫风云》被丢在喷泉池边,不知眉君是否故意的。金桥拾起书,看见封面上浸润了一些果汁,他用手指擦了几下,那座巍峨的白色宫殿已经被染成了橙色,无论怎么擦,它不可能回归原来的白色面目了。金桥立即觉得他受到了一次伤害,伤害一本好书就是伤害书的主人。金桥发誓以后再也不把书借给别人,不管那人是谁。

喷泉池很久没有喷泉了,它现在只是一口肮脏的蓄水池,浅水里积满了废纸、易拉罐和橘子皮。金桥突然发现他是坐在一个很不卫生的地方,他站起来想离开,但转身之间却听到了一个朦胧的却很尖刻的声音，你嫌这里脏，难道还有比肉联厂屠宰车间更脏的地方吗？金桥面露窘色地东张西望，他现在常常出现类似幻听的奇境，或许不是幻听，而是他心里的独白。金桥觉得有一个声音一天比一天放肆地尾随着自己，嘲弄、讥讽甚至侮辱他。那个声音异常冷酷地摧残着金桥的自尊，它使金桥感到恐慌。去吧，别呆在这些肮脏世俗的地方，去你该去的每一个美丽洁净的地方。

金桥的耳朵开始灌满这些讨厌的声音，与此同时他看见一群苍蝇从候车室的窗户里飞过来，杂乱无序的一些黑点，就像广场上那些旅行者一样横冲直撞。金桥惊异于自己能在黄昏逆光的情形下分辨那些苍蝇，这无疑是几天来在肉联厂与猪肉苍蝇频繁接触的收益。那是不是肉蝇呢？金桥突然想到屠宰车间的老工人给他传授的知识。他们说肉蝇专门吮食动物的尸肉，肉蝇绝不往茅房厕所里飞，也从不在垃圾堆上盘旋，它们只喜欢肉。是不是肉蝇？金桥这么盯着那群苍蝇嘀咕着，他脸上的微笑看上去很调皮。苍蝇几乎掠过金桥的面颊，栖停在喷泉池的另一侧。金桥想这个地方真的太脏了，苍蝇来了，他也该走了。金桥本来已经疾步离开，但无意之中回头一瞥，突然发现那群苍蝇其实是栖在一只蛇皮袋上。那只蛇皮袋鼓鼓囊囊的沾满污渍，很像是徐克祥那天拖过的袋子。金桥猜想那肯定是一个赶火车的冒失鬼忘在这里的，他皱了皱眉头说，肉蝇，真是肉蝇。他厌恶这只袋子和这群苍蝇，但不知为什么金桥忍不住地想证实袋子里是否是猪肉。在几秒钟的迟疑后，金桥走过去解开了蛇皮袋口上的绳子，紧接着他看见了一堆猪下水和一只猪头挤在袋子里。金桥跳起来叫喊了一声，这个瞬间他相信眼前的蛇皮袋来自于肉联厂，不，就是那天徐克祥拖着的袋子。一只猪头，一堆猪下水，还有别的，天知道它们为什么跟着金桥来到了火车站！

那个干部模样的人确实是一个干部。

眉君让金桥随她喊顾伯伯，眉君事先吩咐他说，见了顾伯伯你少说话，别在他面前老气横秋说东道西的，千万别再卖弄你的知识。眉君还说，装成个老实人，他们都喜欢老实人的。金桥申辩了一句，哼，老实人不吃亏？这种观念真可笑。金桥还想说什么，但瞥一眼眉君的脸色便又噤声了。他不敢损害眉君帮助他的热情了，眉君已经下过最后通牒，假如金桥不听她的，她再也不会管他的闲事。

顾伯伯明显很喜欢眉君，他慈祥地向眉君嘘寒问暖的时候，金桥冷眼观察着这间属于别人的大而无当的屋子。地面、家具以及衣架上的鸭舌帽和呢大衣都散发着保守务实的气息，墙上的淡蓝色油漆也像它的主人一样老化乏力了。金桥很快注意到墙上的一幅陈旧的地图，七三年的地图？金桥凑到地图前失声叫起来，克什米尔，克什米尔在哪里？金桥的手指冲动地划过地图松脆的纸面，他说，这条虚线果然标错了。

眉君走过来挨着金桥看地图，实际上她是来踩金桥的脚的，她的眼神与脚一齐谴责着金桥的不识时务。金桥有点羞惭地回到硬木椅上，端正地坐着，头部朝顾伯伯微微转过三十度左右，这是最合乎礼仪的会谈姿势，但金桥想起之前眉君的提醒，在这里应该处处谦卑，金桥便谦卑地缩起了脖子，他说，顾伯伯，您，他觉得顾伯伯正专注地等着他说话，那个花白的脑袋轻轻朝他俯冲而来，金桥闻到一股蒜味，是从老人粗重的鼻息中挥发的。顾伯伯，您，金桥想说您爱吃蒜，吃蒜很好，可以防癌祛病，但他感受到旁边眉君锐利的目光，那是一种压力，眉君逼着他说出字字珠玑的开场白。

顾伯伯，您，您的模样很像田中角荣。金桥脑子里突然一片空白，空白中诞生的唯一意念就是这个名字。

田什么荣？你说我像谁？顾伯伯仍然微笑着问。

田中角荣。金桥说，就是七二年来访的田中首相，是我最喜欢的外交家之一。

他是哪儿的？顾伯伯站了起来，看上去他似乎忘了做某一件事。他往左右两侧张望着，带着些歉意说，年纪大了，脑子不灵了，好多事情都记不得啦。

是一位日本首相。金桥愕然地看看眉君，他发现眉君的眼神是一种警告和呵斥，但他忍不住地按照语言的惯性继续说，没有当年的田中，就没有今天的中日关系。

是个日本人？顾伯伯说，你们年轻人不知道，日本人手上沾满了几百万中国人的鲜血呀。

眉君的红皮鞋从水泥地上滑过来，再一次踩住金桥的脚，准确地说这一次更像是蓄意伤害。金桥差点叫起来，他有点愠怒地盯着眉君。眉君却不看他一眼，她的目光追逐着老人左右摆动的脑袋。顾伯伯您在找什么？眉君说，是不是找药？您坐着，我帮您找。

不是药，是我的肠胃有点问题，今天上了好几回厕所，怎么又想上了？顾伯伯跌跌撞撞地往厕所那边走，一边走一边说，肉，肉，现在的猪肉也是伪劣产品，全是细菌，吃了不拉肚子才怪。

剩下金桥和眉君面对面坐着。眉君剥了一只橘子，三口两口地吃了，金桥我警告你，你要是再夸夸其谈炫耀自己，你要是自己把事情弄糟了，别怨我不帮你。眉君把橘子皮狠狠地扔在篓子里，她说，记住，等他回来就该切入正题了，他是你们系统的元老，让他跟肉联厂打个招呼，他们不敢不放人，至少也让他们给你换个工作，宣传科工会什么的。

只要不跟猪天天在一起就行。金桥说。

你这种人只配跟猪在一起。眉君说。

厕所里响起抽水的声音。金桥突然觉得紧张，他用一种求助的目光望着眉君，是该切入正题了，金桥说，我怎么觉得思路堵塞呢，你说该怎么切入？

不是切肉的问题，顾伯伯走进来说，是出厂前的卫生检疫不过关，肉联厂现在的问题是只求产量不求质量，主要是小包装，群众意见很大，这个问题非解决不可。顾伯伯看了眼金桥，眼睛倏地一亮，你刚才说到切肉，这是个点子，可不可以考虑在切肉时加上消毒工序？

我不知道。金桥想笑，但他抬起手把不合时宜的笑声捂住了。我跟肉联厂没什么关系，金桥在椅子上不安地扭动着身子，他瞟见眉君在向他丢眼色，她让他现在切入正题。我不喜欢肉联厂，不，应该说我讨厌，金桥艰难地咽着唾沫，他听见眉君仰天叹了一口气，那意味着她反对自己如此切入正题。但金桥的眼前已经清晰地浮现出屠宰车间粉红色的血淋淋的生产场面，他甚至又闻见了从生猪肉和猪下水中散发的热腥味。金桥觉得油脂与血污堵住了他的喉咙，这个瞬间金桥忘了所有的礼仪与社交语言，噗的一声，他朝篓子里啐了一口，我要吐掉所有咽下去的猪肉，我恨猪肉。金桥痛苦地凝望着顾伯伯，他说，我恨肉联厂，帮帮我，让我离开肉联厂。

这位同志，顾伯伯用询问的目光逼视着眉君，这位同志怎么这样冲动？

眉君患牙疼似的捂着脸，避开了顾伯伯警觉的洞悉一切的眼睛。他心情不好，眉君忸忸怩怩地左顾右盼，他是个人才。眉君的声音渐渐流畅起来，她说，顾伯伯您不会湮没人才吧？怎么说也不该让他去杀猪，您帮帮他，别让他在屠宰车间大材小用了。

不想在屠宰车间？顾伯伯花白的脑袋又转向金桥，怕脏？怕苦？怕丢面子？

金桥下意识地点了点头，立刻发现这是错误，于是又摇头否定。他想对此作出具有说服力的解释，但是抬眼之间他看见窗外悬挂着一条腌火腿，透过玻璃腌火腿的色泽仍然给人以富丽堂皇的感觉。金桥的注意力就这样游移到窗外,他想讨厌的猪肉及猪肉产品无所不在,一条腌火腿,从普通的苍白的猪腿到酱红色的价格昂贵的火腿,这是一个多么无聊而繁琐的生产过程,许多人的生命就在这个庸俗的过程中浪费了,而他们却为此心满意足。金桥于是脱口而出,真浪费,真庸俗。

什么?你是说屠宰车间的工作庸俗?顾伯伯脸上慈祥的表情急剧地转变为激愤和睨视,这位同志,你这种观点我不能同意,顾伯伯说,这位同志我问你吃不吃猪肉?吃猪肉的吧?那就行了,生产猪肉的是庸俗,吃猪肉的就高雅了?你这位同志的思想意识有点问题,假如人人都是你这样的思想,那群众的菜篮子里就不会有猪肉了。

我不是这个意思。金桥嗫嚅着说。金桥觉得他确实不是那个意思,他设想可以用三种或四种角度去阐明这个问题,但他想说话的时候却总是陷入理屈词穷的境地。

他不是这个意思。眉君这时候在一边替金桥解围,她急中生智地推了推金桥的胳膊。他主要是皮肤过敏,看见猪肉猪血身上就出小疙瘩。眉君对金桥说,把你衣服袖子卷起来,让顾伯伯看看你胳膊上那些小疙瘩。

金桥不记得自己胳膊上有小疙瘩,他在卷衣袖的时候心里很虚,同时怀疑眉君的这个诡计是否有意义。幸亏顾伯伯没有看他的胳膊,否则金桥觉得自己将斯文扫地。

从顾伯伯家里出来以后,金桥与眉君一直在争论诈病的优劣。暮色降临这个水边的城市和水边的街道,空气中混杂着汽油、烤红薯以及化工厂废气的气味,而从河上吹来的风毕竟是春天的晚风,它浪漫地吹乱了眉君秀丽的长发和金桥的米色风衣。有人在北门汇文桥一带看见那对情侣且爱且恨地走着,他们有时牵着手,牵着手的时候他们喁喁私语,但突然间那声音高亢尖锐起来,于是其中的一只手便会狠狠地甩开另一只手。

假如玷污了我的人格,假如要让我浑身长满小疙瘩去博取同情,我情愿天天与猪在一起!金桥的脚踩在汇文桥古朴的石栏杆上,被眉君甩掉的那只手顺势朝桥下的河水一挥,说,我要寻找的不是皮肤过敏,更不是小疙瘩,什么是豁免权你懂吗?打一个比方,我现在想要的就是一个豁免权。

凭什么豁免你?没有皮肤过敏怎么豁免你?眉君靠在桥的另一侧俯瞰着下面的流水,突然冷笑了一声说,就凭你满嘴欧共体满嘴联合国的?有什么用?你这种人其实是白痴,别人知道的事你都不知道,别人懒得知道的事你却成了个专家。

豁免权。金桥对眉君的讥嘲充耳不闻,他咕哝着在桥顶上来回走了几步,突然揽住眉君拉着她往桥下走,他说,走,让我们好好想想,怎样争取豁免权。眉君被他紧紧地揽着,别扭地拾级而下,她的声音仍然尖锐地抨击着金桥,收起你那套理论吧,告诉你,除了皮肤过敏,没有东西能把你从屠宰车间救出来。

四月的晚风还残存着些许凉意,北门一带的人声灯影里年轻的情侣随处可见,但是任何一对都不及金桥和眉君那样富有诗意。他们一直把金桥的米色风衣当作一把伞,眉君躲在这样一把伞后面激烈地批判着金桥，而金桥不愧是金桥，他的手始终撑开身上的风衣，让眉君藏在里面畅所欲言，也让风衣制成的伞遮挡路人好奇的缺乏教养的目光。

东风牌卡车从邻近乡村的生猪收购站运来满车的膘肥体胖的活猪，那是在早晨工人们上班之前的热闹场景。日复一日，每天都有足够的猪抵达肉联厂，工人们平静地投入到宰杀、清洗、切割和分类的生产过程中，除了极少量的肥肉或尾巴被女工们用来作投掷的武器，投向了那些轻薄下流的男人身上最后丢在地上，百分之三十的肉被加工成肉片、肉丝和肉丁装进食品袋中冷冻，叫做小包装。被冷冻的还有百分之三十的相对完整的猪腿、肋条等等，当地人喜欢称之为冷气肉，更多的百分之四十的猪肉则在当天午后热气腾腾地摆上肉铺的案板，那就是家庭主妇们最喜欢的热气肉了。

从屠宰二车间的圆形窗口，可以看见半自动化的猪肉生产流水线，看见水泥地面上淌着浅红色的污水，许多双黑色雨靴在污水中纷乱地走动。当然我们还可以看见金桥在流水线上的身影，他把一只猪腿从挂钩上取下来，啪地在上面盖了一个蓝色印章，咯嗒，咯嗒，不知是什么机械手在金桥的头顶上响着，金桥就按照那响声的节奏为猪腿盖图章。这是一种简单的难以测量强度的劳动。我们看见劳动者金桥戴着一只防护口罩和一顶蓝色工作帽，只露出那双焦虑的眼睛，巨大的笨拙的排风扇在金桥身后隆隆运转着，它无法吹乱金桥洁净的永远向后梳理的头发，但它无疑已经吹乱了金桥在春天的好心情。

午间休息的时候，金桥在冷库门前找到了徐克祥。金桥一见徐克祥便想到老焦，想到他见到的一张老焦的照片，也是这样目光炯炯地从低处往上走，当然老焦好像是在印度的泰姬陵台阶上行走。金桥想他必须遏止这种习惯性的联想了，他必须把徐克祥与已故外交家严格区分开来，否则他思考了一夜的谈话将变得无从谈起。

听说你在找我？徐克祥先迎了上来，他匆匆打量了金桥一遍，然后伸手把金桥的工作帽鸭舌转到正前方，你主动找我谈，很好，徐克祥笑了笑，扬起浓眉问，谈谈，很好，谈什么？

谈我的工作，不，其实是谈我的处境。

谈工作很好，谈处境也不错，徐克祥说，工人们都有些怕我，他们不愿意与我交换意见，暗地里却骂我猪头。徐克祥突然拍了拍金桥的肩膀，你听见他们骂我猪头了吗？其实我根本不在乎，他们当面骂我我也不在乎，本来就是肉联厂的头，本来就是猪头嘛。徐克祥仰天大笑了一声，然后很快收敛了笑容说，但是我不喜欢他们当面一套背后一套，要骂就对着我痛痛快快地骂，我听得进意见，当兵出身的人直来直去的，最恨阳奉阴违那一套。

阳奉阴违是弱小民族与超级大国周旋的常用手段。不，我不想谈这些手段。金桥摇了摇头，他听见一个声音在警告自己，别让徐克祥牵住鼻子走，东拉西扯只是他回避的方法，这意味着他不想谈话进入正题。金桥想现在他不能按照昨天夜里考虑的步骤进行圆桌式谈话,必须单刀直入。于是金桥提高了嗓音说,老徐,我不能在屠宰车间干了。

你刚才说到手段?说下去,你的见解肯定有意思。你说的弱小和超级是指什么?是指肉联厂的干群关系吗?

不,老徐,我说我不能在屠宰车间干了。

为什么?徐克祥沉默了几秒钟,终于露出了金桥想象中的严峻的表情,他说,说出你的理由。

我到肉联厂来本身就是个错误,你把我分配到屠宰车间更是个错误。金桥说,我讨厌猪肉,更讨厌杀猪。

没有人会喜欢肉联厂的工作环境,但是所有的工作都要人干,你不干,他也不干,假如这样我们只好吃带毛的猪肉了。金桥你说是不是?你自己说你的理由是不是理由?

我也许没有什么理由。金桥的脑海里迅速掠过几个华丽而飘逸的名词概念,他想他不得不用它们为自己辩护了,这其实关系到我的主权,就像一个国家,一个人也有他的主权。金桥的双手在徐克祥面前来回比划着,他说,我喜欢干什么,不喜欢干什么,就像一个国家的内政不容别国干涉,另外,我这人天生爱干净,无法在这么脏的环境里工作,我想要的其实也是一种豁免权,老徐请你给我一个豁免权吧。

他们说你是一个业余外交家,名不虚传。徐克祥又哈哈大笑起来,他的一只手在金桥的肩上快乐地抓捏着,然后突然停止了,那只手收回来在下颌处刮击了一番,猛地向肩后一挥,金桥你是个人才,可是小小肉联厂没有外交部,你让我怎么安排你的工作呢?

老徐,请你不要挖苦讽刺,这是一次常规性的正式谈话,非正式谈话可以轻松一些,但正式谈话都是严肃地就事论事的。

我很严肃。徐克祥用一种古怪的目光凝视着金桥,他的手再次朝金桥伸过来,这回是替金桥掖了掖衣服领子。金桥,其实我跟你志趣相投,徐克祥的声音听来真挚而中肯,我年轻的时候跟你一样,一心想进外交部。你知道我生平最崇拜的人是谁吗?是焦——

金桥几乎与徐克祥同时喊出了这个名字,金桥惊喜地张大了嘴,不敢相信自己的耳朵,他不敢相信徐克祥与自己崇拜的是同一个老焦。怪不得你跟老焦那么像,一举一动都那么像。金桥说着嘿嘿地笑起来,他觉得本来紧张的心情突然松弛了,两只脚也轻浮地转了一个华尔兹的舞步。但金桥很快察觉到徐克祥的情绪与自己并不合拍,徐克祥脸上的笑容像流星稍纵即逝,他的眼睛直直地盯着金桥,闪着金属般坚韧的光芒,金桥没能从中读到柔情或者赏识的内容,相反的金桥觉得徐克祥的目光是一种轻视、鄙薄,是一种难以名状的敌视。

你想离开屠宰车间?

是的,你同意吗?

你还想离开肉联厂?

是的,金桥迟疑了一会儿用力点了点头,他又开始紧张起来,是的,我一定要离开这里。金桥掠了下耷拉在额前的一绺头发,他说,我猜你会放我走的。

不,我不放你走。徐克祥的表情也像已故外交家老焦那样变幻无常,在打击对手时,嘴角上浮现出一丝灿烂的微笑。那天下午他就这样微笑着对金桥说,你忘了老焦年轻时候干什么工作?老焦在药店里当了五年学徒,他能卖药,你为什么不能杀猪?所以你现在回车间去吧。徐克祥看了看腕上的手表,然后他的右手再次往肩后一挥,上岗啦,金桥,回到流水线上去!

设想我们在夜晚来到金桥的阁楼,设想他的女友眉君不在或者已经离去,而那对情侣制造的爱情的气味也已被晚风吹散,我们可以看见金桥在黑夜里守候着那只半导体收音机,看见金桥倚着墙睡着了,金桥睡着了但他的嘴唇仍然醒着,它们在黑暗中优雅地歙动着,填补了收音机里节目结束后的空白。金桥的几个朋友曾向别人赌咒发誓,说金桥会在梦中朗读当天的国际新闻。

有关金桥的传闻,包括他后来的传奇般的故事都令人似信非信,但我确实亲耳听过金桥诉说他的一种苦恼。我对自己很失望,金桥说,你们不知道我在梦里发言时多么雄辩,不信你们可以去问眉君,她听见我在梦里舌战群儒,精彩极了,她拍手把手掌都拍红了。可是,可是在肉联厂不行,金桥忧心忡忡地叹息着说,在肉联厂我总是思路堵塞,语无伦次,我一说话就像个可笑的傻瓜。有一回我竟然让一个清洁女工驳倒了,她把一摊污水往我这里扫,我说你往哪里扫呀?她说我往那里扫,扫到门外去。我说那你怎么往我这里扫呢?她说那你怎么非要站在这里,你就不能站那里去吗?嗨,当时我竟然给绕糊涂了,哑口无言。我对自己真的很失望,在肉联厂我就像一些殖民地国家,就像一些影子政府,找不到我的立场,也找不到我的观点。有时候我觉得一只手在把我往冰库里扔,难道要把我做成一块冷气肉吗?

设想金桥被做成一块冷气肉,他会不会在肉铺里播送当天的国际新闻——不,没人忍心作这样的设想,你只能按照金桥的习惯去设想,设想金桥是大水围困的印度恒河下游地区,设想金桥是战火纷飞的柬埔寨,然后按照国际通行的语气格式,给金桥以春天良好的祝愿。

眉君的爱情像一朵牵牛花,牵着金桥往肉联厂的围墙外面爬,眉君执著地要把金桥从猪肉堆里营救出来,因此那对情侣在春天的爱情突然变成匆忙的奔走和游说。金桥被眉君纤小温热的手牵来牵去,见了许多德高望重或神通广大的人。当他们冒着细雨最后来到杂技团门口时,金桥看见眉君的乌黑的长发已经被雨湿透,她的脸上也凝结着数滴小水珠。金桥怀着无边的柔情扔下雨伞,他想找一块手帕为眉君擦脸,但西服口袋里没有手帕,金桥就紧紧拥住眉君,抓住他的领带在她脸上擦了一下。

别这样,眉君伸着脖子朝传达室里张望,随手打掉了金桥的领带,她说,现在不是你温柔的时候,先找到苗阿姨要紧,拿好伞别忘了!

金桥突然觉得悲哀,他拿好伞跟着眉君往走廊里走。他真的觉得自己和眉君的爱情成了一架牵牛花,急功近利地朝每一块篱笆攀缘,温柔难道一定要讲究时间背景的吗?金桥凝视着眉君在杂技团走廊里疾走的背影,嘴里对她喊着,牵牛花,牵牛花,你走慢一点。但是眉君边走边不耐烦地说,我没心思开玩笑,你想好跟苗阿姨说什么,你要是再不跟我配合,我真的不管你了!

苗阿姨曾经是个在杂技界大红大紫的演员,金桥记得童年时代看过她的蹬缸表演,记忆中那个女演员有一张美丽的淌满汗珠的瓜子脸,尤其是她那双穿着红色绣花鞋的脚,因为娴熟地控制和把玩着陶缸、绒毯甚至花布伞,给人一种手脚易位的错觉。金桥还依稀地记得苗阿姨与一位来访的越南领导人握过手,也许是老挝或者柬埔寨的领导人?那时候金桥年龄太小记不清了,但他记得那位外宾在与女演员握过手后,又充满好奇心地蹲下来,摸了摸她的那双灵巧的脚。金桥想我跟苗阿姨说什么,首先要说说她那双风华绝代的脚。

练功房里一群男女整齐的毽子翻已近尾声,苗阿姨一边喊着最后的口令一边朝门外走来。金桥一眼发觉苗阿姨的形象与记忆中那个女演员已经风马牛不相及,一个圆滚滚的中年妇女,腰间束着一条宽皮带,白色灯笼裤的底部在地板上刷刷地拖过，苗阿姨看上去威风凛凛，金桥下意识地盯着她的脚，她的脚上现在穿着普通的黑布鞋，而且是趿拉着。

就是你？苗阿姨无疑是属于那种爽朗的快人快语的妇女，她的目光毫不遮掩地研究着金桥的体形和面容。你长得跟小宋有点相像，苗阿姨笑了一声说，练了没准能接小宋的班。

就是他，眉君过去亲热地挽住苗阿姨的手，她向金桥丢了个眼色说，他就是金桥，从小就爱杂技，苗阿姨你随便考考他吧。

你随便考考我吧，我会空翻、侧手翻，还会变一些小魔术。金桥有点局促地瞟了眼练功房里的那群男女，他一边脱下半湿的西装一边对苗阿姨解释道，我翻得不如他们好，不过，先翻一个空翻给你看看吧。

不要空翻，苗阿姨制止了金桥；她说，眉君说你会口技，我让人找个麦克风来，你表演给我看看。

口技？什么口技？金桥木然地看了看眉君，他猜不出眉君是怎么向苗阿姨推荐自己的。

你怎么糊涂了？不就是学鸟叫学飞机火车叫吗？眉君说着转向苗阿姨，金桥这个人很特别的，他主要擅长学别人说话，学活人说话不是比学动物火车什么更难吗？

我主要学一些外交界大人物的言行举止，也没什么了不起的。金桥说。

那是模仿，那不叫口技。苗阿姨说。

都是嘴上的功夫，学人叫不比学动物叫更好玩吗？眉君说。

不，不要学人叫，要学鸟叫、鸡叫、狗叫，不是一只鸟一只鸡一只狗在叫，要学一群鸟一群鸡一群狗叫，那才叫口技。我们团的口技演员小宋生病了，我们要找人顶替他的节目。苗阿姨连珠炮似的说完这番话，朝练功房里的一个男演员喊，小王，你把麦克风给我准备好。

请等一会儿。金桥对苗阿姨做了个稍安毋躁的手势，他尽量让自己显得镇静地说，我知道口技表演一半靠的是麦克风，不过我不懂为什么一定要学那些动物学那些火车轮船呢？

你也可以学阅兵式大合唱或者批判会什么的，不过那都是高难度，估计你也不会，你只要学一次动物叫，再学一次火车进站就可以了，让我来听听你的声音和技巧。

金桥犹豫了一会儿，他先凭借想象模拟了火车进站的所有声音，鸣笛、刹车、排汽，金桥觉得他的舌头和喉管因为用力过度而痉挛起来。他等待着听者的反应，但苗阿姨和眉君都没什么反应。他听见苗阿姨咳嗽了一声，然后她说，好像听不出来是火车进站的声音。

还有动物叫呢，眉君在一旁提醒金桥说，金桥你学一群麻雀在树上叫，肯定学得像。

不学麻雀。金桥沮丧地揉着他的喉部。

那就学鸡叫，学农村里的鸡打鸣，此起彼伏的声音。

不学鸡打鸣，金桥挥了挥手说。

那你想学什么？眉君的两道蛾眉生气地拧了起来，她说，

肉联厂的春天

那就学狗叫，学狗叫你总会吧？

金桥猛地回过头怒视着眉君，他的涨红了的脸颊和一抹冷笑说明他受到了一次严重的伤害。在一阵令人难堪的沉默后，金桥恢复了一贯的风度，他把麦克风递还给苗阿姨，是个误会，金桥说，不过见到你我很荣幸，你的脚曾经给我留下非常神奇美好的印象。

金桥独自走出了杂技团的门洞。外面的小雨刚刚停歇，布市街一带的春天更加显得湿润而清新。金桥张大嘴呼吸着雨后的空气，他仍然在追想口技、狗叫和人格之间的关系，或许眉君认为学狗叫只是为了达到调动工作的目的？恰恰是这些善良、热情而追求效率的人们，容易在乐善好施中忽略了他人的尊严。还有什么比尊严更重要呢？金桥对自己的表现感到满意。他小心地绕过地上的一潭积水，看见水中的那个倒影依旧衣冠楚楚。金桥想这一切都是因为他维护了自己的尊严，一个高贵骄傲的人，他的身影比他更伟岸，一个卑微猥琐的人，他的身影便是一只过街的老鼠，这句至理名言好像来自老焦的日记。

金桥走出去好几米远，突然觉得丢了什么。是雨伞？不是雨伞，是眉君，是眉君那只温热纤小的手。我怎么丢下她一个人走了？这未免太无礼太粗鲁了。金桥拍了拍额头自责着，金桥回过头来，恰巧看见眉君气冲冲地跑出杂技团大门，眉君抓着雨伞朝金桥这边指戳着，嘴里喊着，金桥，你是个白痴，永远别来找我了，你只配在肉联厂呆着，别再来找我，你只配跟猪呆在一起!

失恋的人在春天的鸟语花香中也是萎靡不振的,即使金桥也不能免俗。四月里一家芭蕾舞团到我们这个城市演出,那些热爱高雅艺术的人们都前往捧场了。《胡桃夹子》以后是幕间休息,我看见金桥一个人低着头往剧场外走。那时候我还不知道金桥和眉君的爱情出现了危机,我问他眉君为什么没来。金桥像个西方人一样地耸了耸肩,他给我看他手心里的两张票根,一张撕了,一张是完整的,这便是金桥含蓄的回答了。我说,节目很好,为什么急着中途退场?金桥苦笑着伸出五指在眼前晃了几下,这个手势我就不理解了。我说,你到底怎么啦?金桥显得有点窘迫,他说,心情不好,看什么都产生幻觉。那些演员不该穿无色的紧身裤,他们老是做单腿独立单腿旋转的动作,让我想起屠宰车间,想起流水线上的一排猪腿。

金桥开始像一个影子尾随徐克祥。

东风肉联厂里像影子那样尾随徐克祥的人很多。一个肥胖的女工从办公室里一路追逐着徐克祥,抗议她的月度奖金比别人少了十元钱。一个双鬓斑白的屠宰工一手拿着一沓医院的收据,一手拽住徐克祥的衣角高声说,这不是营养品,是药,是药呀!你不批谁给我报销,难道要让我自费看病吗?金桥冷眼观察着徐克祥应付类似场面的手段,他发现徐克祥其实是以不变应万变的。他的右手往肩后有力地一挥,找老张去,找医务室去。金桥想这是一种踢皮球的方法,这是管理阶层常用的一种方法，甚至在国际事务中，那些超级大国也把援助贫穷小国的义务当皮球一样踢来踢去的。

金桥不会让徐克祥把他当皮球一样踢来踢去。几天来，金桥一直伺机与他摊牌，他希望选择一个安静优美的环境作为摊牌的地点，但整个肉联厂难以寻觅这样的环境。一个天边滚动着火烧云的黄昏，金桥终于在厂外的一条窄巷里拦住了徐克祥的自行车。那里沿墙堆放着邻近工厂废弃的机器零件，还有煤渣堆和建筑垃圾。他不喜欢这种谈话的地方，但是当时金乌西坠的黄昏景色突然启迪了金桥，与其一天天地在肉联厂虚度光阴，不如快刀斩乱麻，拦住他，告诉他，你必须放我走。

你必须放我走。金桥站在徐克祥的自行车前，他的一只手敏捷地伸到车座下面锁上了自行车。你必须放我走，金桥带有示威意味地向徐克祥晃着那串钥匙说，你不放我走，今天我也不放你走。

徐克祥愣了一下，但只是几秒钟，他很快露出了从容的笑容，拔钥匙？我以为遇到了哪个小流氓了，徐克祥说，金桥，这不像是你的行为，这不符合外交礼仪。

不，当有人损害别人的主权时，受损害的一方总是要给予警告，给予一个还击的暗示。

警告什么？暗示什么？你想怎么还击呢？

你无权把我囚禁在肉联厂。我的辞职报告递给你了，你可以批准，可以不批准，但你无权把它锁在抽屉里不闻不问。

好吧，我告诉你，我不批准，我也可以告诉你，我徐克祥从来不怕警告，也不理睬所有的暗示。徐克祥的表情看上去很严峻，他突然把手伸到金桥的面前，你已经得到明确的答复了，现在把钥匙给我。

不，你还没说出不批准的理由。金桥躲避着徐克祥的轻蔑的目光，也躲开了他的索取钥匙的手，金桥觉得自己突然被击向了被动的低下的位置，这使他心中感到一阵痛楚。他想较量已经走向高潮，他一定要挺住。于是金桥忍住某种羞耻之心，朝徐克祥继续晃动着那串钥匙。理由呢？金桥说，我要的不是你人格的自白，我要的是你的理由。

理由有好几条，但现在只剩下一条了。徐克祥仍然目光如炬地逼视着金桥，好高骛远，夸夸其谈，贪图享受，怕脏怕苦，这是你们这一代青年的通病。徐克祥清了清喉咙说，而你金桥，又比他们多染上一个恶习，拔钥匙？拦路撒泼？这是流氓恶棍的伎俩，我可以原谅你，但我绝不妥协，你听明白了吗？我绝不向一个流氓恶棍妥协。

人身攻击。金桥当时立刻想到了这个词语。他想指出徐克祥的理由依赖于人身攻击的基础，但他的目光恰恰投在那串自行车钥匙上，是这串钥匙授人以柄，直到这时金桥才意识到拔掉徐克祥的自行车钥匙也许会导致致命的错误。他像挨了烫似的扔出那把钥匙，他看见钥匙落在徐克祥的脚下。徐克祥低头看了看，但他没有捡起那串钥匙，只是在鼻孔里哼了一声。

徐克祥不去捡他的自行车钥匙，这使金桥想起已故外交家老焦当年在日内瓦拒绝与一个敌对国家的代表握手的那一幕。

金桥感受到了其中的分量，这个人果然有老焦遗风。他看着徐克祥以一种坦然的姿态步行到窄巷的尽头，他想喊住他，但一个声音在冥冥中说，金桥，你输了，谁让你去拔他的自行车钥匙呢？

肉联厂附近的这条窄巷后来成了金桥记忆中的蒙难之地，摊牌的那天，他本来对艰难的谈判有所准备，他想找到一把能打开徐克祥心锁的钥匙，可那不是一串自行车钥匙。金桥抓着那串钥匙在落日夕光里徘徊，他觉得他抓着那串钥匙就像一个罪犯抓着犯罪的证据。

许多人都见到了徐克祥的那串钥匙，一只是铜质的，两只是铝质的，除了自行车钥匙外，另两只从形状上判断可能是工具箱钥匙。许多人看见金桥提着那串钥匙寻找徐克祥。他问别人道，你看见老徐了吗？他丢了这串钥匙。立刻有人以知情者的口吻说，是他丢的还是你拔掉的？金桥几乎觉得无地自容，后来在会议室门口他终于看见了徐克祥，徐克祥正在召集一个中层干部会议。金桥从人堆里挤到徐克祥面前，向他晃了晃那串钥匙。他说，昨天的事我很抱歉，你的自行车我推进厂里的车棚了。

徐克祥脸上宽宏大量的微笑是金桥始料未及的，而且徐克祥还亲热地拍了拍他的肩膀。我还有一串备用的钥匙，徐克祥说，这串你留着，留个纪念。

不，我不要。金桥不假思索地说。

为什么不要？徐克祥说，你忘了老焦当年送给美国国务卿的礼物？不就是一串钥匙吗？留着它吧，特殊的礼物有特殊的意义。

金桥当时意识到这是一件居心叵测的礼物，他想拒绝，但会议室门口人多眼杂，他不想在那里与徐克祥推来推去的，更重要的是金桥把这件礼物理解为一次挑战，一次考验，拒绝便是软弱的表现。徐克祥想让我背上一个十字架，金桥后来对朋友们说，背就背吧，我从来都敢于正视自己的错误。但是徐克祥假如自以为战胜了我，那他就大错特错了，你们看吧，我跟他的较量会越来越精彩。有朋友站在息事宁人的立场上劝导金桥，你何必去跟一个老狐狸较量呢？辞职报告已经递上去了，他批准了你就走，他不批准你也可以走呀。金桥立即打断了那个朋友的言论，他说，我知道怎么走都是走，但走得是否体面，走得是否快乐，这关系到我的尊严，我把这事当作一场战争。战争你们明白吗？战争不是逃避，是一次次的交锋，战争都会有胜利者和失败者，而我要做的是一名胜利者。

我想告诉所有关心金桥事件的人们，金桥不是人们想象中的神经质的自暴自弃的人，当他在滔滔不绝地阐述他的思想时，你会发现他苍白的脸上闪烁着理智的光辉，即使你不能理解他所要的胜利是什么意思，你也应该相信，金桥不是一个人云亦云的庸人。

五月里东风肉联厂的生猪生产更加繁忙。咯，咯嗒，机器手放下了半爿新鲜光洁的生猪。咯，咯嗒，机器手咬住了半爿盖上蓝印的生猪。一群苍蝇在屠宰车间里嗡嗡回旋，仔细观察那群欢快的苍蝇，你会发现它们有着异常丰肥的腹部和色彩鲜艳的翅膀。

金桥就是在观察苍蝇的时候睡着了。连续几夜的失眠使他精神涣散，苍蝇飞舞的声音灌满耳朵，他知道那是苍蝇，但他无法停止对一架三叉戟飞机掠过欧亚大陆的想象，一次飞往日内瓦、布鲁塞尔或者阿姆斯特丹的航行。金桥睡着了。他看见飞机上坐满了一些似曾相识的人，美、英、德、法、日等许多国家的首脑，甚至还有一个被废黜的袖珍小国的总统。金桥想这些人怎么会挤坐同一架飞机呢，他们每个人都应该有自己的专机。金桥想与他们交谈，但每个人都有了自己的谈话对象，他插不上嘴。他听见邻座有人在交换对戈兰高地局势的看法，他很想发表自己的意见，但是在八千米的高空中，金桥的声音莫名其妙地消失了。情急之中他举起了右臂，他想发言。一个金发碧眼的空中小姐走过来，她说，先生你要什么？咖啡还是红茶？空中小姐无疑误解了他的意思。我要发言，金桥的右手愤然向肩后一挥，他猜空中小姐已经理解了他的手势，他看见她端着一只盘子匆匆地走过来，盘子里的东西远看像乳酪，其实是一沓厚厚的文件材料。金桥接过那只盘子，惊诧地发现盘子里装着克里姆林宫本年度的裁军计划。

金桥醒来的时候，嘴角带着一丝迷茫的微笑。他很快发现他是被人推醒的，而且他的肘部并非是架在那沓神秘的文件上，而是靠在一堆温软油腻的猪肉上。

推醒他的是屠宰车间的业余诗人，业余诗人附在金桥耳边恶狠狠地说，别睡了，猪头来了。金桥揉着眼睛回头一望，看见徐克祥在门边闪了一下，只是闪了一下就不见了。

他怎么不进来？金桥说。

他根本不想进来，他只是想告诉我们他在厂里，那么闪一下就够了。业余诗人说，猪头，真是只讨厌的猪头。

肉联厂的人都这么恨他？

也谈不上恨，就是讨厌他，他整天盯着你，盯得你喘不过气来。

你们好像都有点怕他？

也谈不上怕，他的脾气其实很好，有一次我指着他鼻子骂他猪头，你猜怎么样，他笑了，他说我本来就是猪头。

这是假象。一个高明的统治者往往能够忍辱负重。金桥若有所思地说，这个人软硬不吃，对别人却软硬兼施，他很强大，假如不能给他一次珍珠港偷袭，你就无法在诺曼底登陆。

你在说什么？

我在想怎样才能扳倒他的手腕。

那天下班后，金桥和业余诗人结伴登上肉联厂大冷冻库的平台。平台很大，不知为什么堆放了许多残破的桌椅。金桥和业余诗人就对坐在两张长椅上，望着五月的夕阳从肉联厂上空缓缓坠落。除了日落风景，他们还能俯瞰肉联厂的最后一辆货车从远处归来，货去车空，留下一汪浅红色的污液在木板和篷布上微微颤动，远看竟然酷似玛瑙的光晕。业余诗人诗兴大发,他为金桥朗诵了好几首有关黄昏、爱情和鲜花的诗歌。但金桥始终不为所动,他的耳朵里渐渐浮起了梦中那架特殊班机掠过天空的声音,他所仰慕的人、他所批驳的人还有他所不齿的人都在航行之中,而他却被遗弃在肉联厂冷冻库的平台上了。

金桥忽然以手蒙面喊道,别再对我念那些骗人的诗,告诉我怎样才能离开这个鬼地方?

怎样都可以离开这个鬼地方。业余诗人说,你可以旷工,旷工一个月就是开除,或者你去医院弄长病假,弄成了还有工资,怎样都可以离开,你为什么要为这件事痛苦呢?

我为什么要为这件事痛苦呢?我自己也糊涂了。金桥自嘲似的笑了一下,我知道怎样都可以离开,但我只想让徐克祥心甘情愿地放我走,我永远不想降低我的人格,更不想让卑劣替代我的尊严,我要走,但我不想留下任何一个污点。

业余诗人终于哈哈大笑起来,他把平台上的椅子一张张地摇过去,又朝每一张椅子上踢了一脚。傻瓜、笨蛋、白痴、偏执狂、梦游者,业余诗人一边踢一边给每一张椅子冠以恶名。他每踢一脚金桥的心就有一次尖锐的刺痛。业余诗人最后在金桥身边站住,诗歌是假的骗人的,那你的尊严和人格难道就是真的?业余诗人咄咄逼人地盯着金桥的眼睛,突然激动地说,什么尊严,什么人格,不过都是猪尿泡,有尿涨得吓人,没尿就是一张臭皮囊!你说对不对?金桥,你说对不对?

不,不对,金桥几乎怒吼起来。他想去抓业余诗人的手,但业余诗人无疑对金桥产生了强烈的鄙视。他一路又推倒了几张椅子爬上了平台的悬梯，最后他朝金桥喊道，金桥，我告诉你怎样才能离开，干掉徐克祥，然后干掉你自己。

后来便起风了，是春天罕见的那种大风。金桥觉得风快把他从平台上吹下去了，他听见皮带扣上的钥匙也被风吹得叮咚直响，那种孤寂而纤细的声音使金桥莫名地警醒。他低下头看见三把钥匙，一把铜钥匙和两把铝钥匙，它们属于徐克祥，但他却神使鬼差地把它们挂在了身上。

人们都说眉君是不可多得的古道热肠的女孩，即使在她与金桥正式分手那天，她仍然到处为金桥的事情奔波着。他们最后一次在火车站广场见面时，眉君恰好刚刚剪掉了长发，发型师为她设计了一种折叠式的华丽的短发发型。别人都说眉君这样更显俏丽活泼了，眉君认为金桥对她的新发型会赞赏，没想到金桥一针见血地指出那是对黛安娜王妃的模仿。金桥说，我们不要轻易地去模仿别人，黄种人与白种人气质不同，脸型身材也不同，她留短发好看你不一定好看，让我说你不该剪头发，不如像陈香梅那样梳一个圆髻，更有东方的韵味。

我说过眉君不是那种小鸡肠子的女孩，金桥的一盆冷水使她郁郁不欢，但那只是短短的几分钟，几分钟后眉君就想通了折叠式短发和圆髻的关系。对了，梳个圆髻肯定别有风味，你怎么不早说？眉君推搡着金桥懊悔不迭，但她又安慰自己说，反正我头发长得快，等长了再梳圆髻吧。

火车站的喷泉池仍然没有喷泉,暗绿色的积水倒映着五月的蓝天和一对情侣的背影。当然,喷泉的水在节日里会欢乐地奔涌,天空到了六月和七月会更加澄碧透明,而这对情侣的爱情已经被风吹散,只剩下最后的一片叶子。

顾伯伯那里你还要再去一次。再去一次估计就行了。眉君说,你不用送礼,顾伯伯那人很廉洁的,不过他喜欢品茶,你准备一点好茶叶,知道吗,送茶叶不算送礼。

我还是不明白,怎么可能跳过徐克祥这一关?他不放我走我怎么可以走?这不符合程序。

你问我我问谁去?反正他们说这叫退档,他们把你的档案从肉联厂要回去,你就与肉联厂无关了,你也不用去跟徐克祥白费唾沫了。

像邮局里的改退包裹,退来退去,金桥摇了摇头说,不,我不愿意像一只包裹被人退来退去的。

不肯做包裹,那你就老老实实做你的杀猪匠吧。眉君又开始动怒了,眉君一动怒说话就不免尖刻,她说,你不肯做包裹,我凭什么做你的公关小姐,觍着脸到处求爷爷告奶奶的?我真是吃饱了撑的,我要是再这样贱下去,我就,我就是一头猪!

冷静些,别这样作践自己,我不懂人为什么喜欢与动物等同。金桥一只手按住眉君的肩头,似乎想把她的火气按下去。你别在公共场合这么高声说话,别人会看你,不文明的举止引来不礼貌的目光。你听,十四次列车进站了,也许马达加斯加总统在软卧车厢里,今天他从上海回北京,他肯定就在那节车厢里。

我要是再管你的闲事,我就是一头猪。眉君从她的蜡染布包里抓出一块手绢捂住嘴,不难看出眉君的怒火已经化成委屈和哀伤,眉君猛地转过身去呜咽起来。

金桥慌了手脚,别哭,别哭。他在眉君身边转来转去的,因为慌乱他的安慰起了适得其反的效果。好了,我听你的,做一次包裹其实也无所谓。金桥轻柔地拍着眉君的肩头,似乎想把她的哭泣拍掉,他说,我听你的,就去顾伯伯家,买上一斤碧螺春,马上就去好吗?

眉君止住了哭泣,抬起头,顺手将揉皱的手绢扯平整了。我要是再管你的事,我就是一头猪。眉君的手指不停地扯拉着手绢,她的声音听来平淡如常,虽然重复但金桥已经感受到其中决绝的意味。眉君说,金桥你听着,你这种人,你这样的人,我要是再理你,我就是一头猪。

最后一次约会时,眉君对金桥已经心如死灰,她甚至把那只漂亮的蜡染布包塞到了金桥怀里。在眉君穿越火车站前的人流匆匆而去的时候,金桥清醒地知道,一段美好的爱情也随之匆匆而去了。他在一种尖锐的痛楚中仍然放不下一个问题:人可以赌咒发誓,但为什么要让自己成为一头猪呢?

屠宰车间的人们喜欢恶作剧,他们是一群习惯了肮脏和油腻的人,他们的滑稽与幽默往往要借助于猪的内脏或者脚爪,因此常常有人在口袋里掏香烟时掏到一截猪肠,或者掏到一片猪耳朵。也有别出心裁的,譬如业余诗人,他在灵感突至时喜欢在生猪的背上写诗,当然都是一些缺乏新意的风花雪月之作,本来就不会被报纸杂志刊用的。金桥起初还会走过去读一读,评点一番,后来他就懒得去看一眼了,他不喜欢这种游戏,他曾经真诚地劝告过业余诗人,别往猪肉上写诗,你是在亵渎诗歌。

但是语言文字仍然出现在肉联厂的生猪身上。有一天,金桥从流水线上接到半爿猪,猪背上写着龙飞凤舞的三个字:徐克祥。他未加思索就把它擦掉了。金桥没想到流水线下来的猪肉身上突然都写上了徐克祥的名字,无疑这是一次有预谋的行动。这是谁写的?金桥朝四周高声喊了几遍,无人应声。屠宰车间的人脸上都带着一种神秘的微笑,似乎每个人都参与了这次规模庞大的恶作剧。金桥问业余诗人,是不是你写的?业余诗人沉下脸说,你他妈的别诬陷我,我只写诗不写别的。金桥听到四处响起窃窃的笑声,他不知道这些人为什么总是陶醉在如此卑下的游戏里。业余诗人还说,又不是写你的名字,关你什么事?让它出厂,让它挂到肉铺里去,你不是也讨厌徐克祥吗?金桥愤愤地说,那是两回事,我讨厌人身攻击,我讨厌所有卑鄙低级的手段。

那天金桥怀着一种厌恶的心情擦去了所有猪肉上徐克祥的名字,我们相信金桥这么做只是出于他高尚质朴的天性,但屠宰车间的一些工人却曲解了金桥。他们认为金桥在拍徐克祥的马屁,他们痛恨所有拍马屁的人,在东风肉联厂这种人总是要受到唾弃的。于是在第二天的生猪流水线上，出现了一只超大型的猪，就在这头猪的背部，金桥惊愕地发现，他的名字与徐克祥的名字赫然并列在一起。

有人告诉我金桥当时脸色煞白，他的身体在节奏欢快的生猪流水线下簌簌颤抖，他发疯似的用刀背把猪肉上的墨迹刮除，然后就一路狂奔着跑出了屠宰车间，当然金桥不会跑到徐克祥那里告状，他像一匹受了惊吓的马一路狂奔着，跑出了东风肉联厂。

金桥闲居在家的日子其实很短暂，或许是为了排遣心头的苦闷，或许是因为苦闷，金桥在青竹街的公用电话亭里打了好几个电话，通知他的朋友们到他家里开冷餐会。他在电话里特别强调，可以自带冷餐，但最好不要带猪肉罐头。

没有人带去猪肉罐头，在金桥家阁楼的那次聚会，朋友们自觉遵守着几个戒律，不谈眉君，不谈猪肉。但即使这样金桥的眉宇间仍然透出无边的落寞，他几乎没吃什么食物，他只是不停地说话，发生在屠宰车间的恶作剧被金桥再提起时，冷静已经代替了悲愤。金桥说，他们为什么把我的名字和徐克祥写在一起？他们认为我不跟他们合作就会跟徐克祥合作，非此即彼，多么愚昧无知的思想。他们不理解中立的意义，他们更不懂得我是谁。我是谁？我是一个不结盟国家！

朋友们都看出金桥在肉联厂陷入了四面楚歌的绝境。有人问他，是不是准备就此告别肉联厂了？金桥说，不，至少还要去一次，我不喜欢消极的方法，这几天呆在家里是为了调整我的精神状态，我还要与徐克祥谈判，一定要有一个圆满的结局。

没有人想到转机突然来临，就在朋友们陆续离开金桥家时，外面又来了一位客人，是东风肉联厂负责劳动人事的女干部。作为不速之客，女干部带来的信息足以让人雀跃，她说，老徐让我来通知你，你的辞职报告批准了，老徐让你明天去厂里，他还想与你谈一次。金桥克制住心头的狂喜，问，再谈一次？谈什么？女干部莞尔一笑说，谈了就知道了，你跟老徐不是很谈得来吗？金桥想解释什么，但女干部匆匆地要走，一边走一边含蓄地瞟着金桥说，老徐很喜欢你啊，他说你是出污泥而不染，他说你以后会前途无量呢。

我看见金桥耸了耸肩，他微笑着朝几个朋友摊开双手。虽然我很厌恶别人做这种西方风格的动作，但金桥做这种动作就显得天经地义。我猜测是金桥在生猪流水线上的维护文明之举感动了徐克祥，但是这种简单的因果关系不宜点破。我看见金桥的脸上迸发出一种灿烂的红光，他对着外面的街道吸气，再吐气，然后歪着脑袋对朋友们笑了笑，嗯？这是一个含义隽永的鼻音，它意味着胜利、胜利和胜利。

嗯？

假如这时候金桥用语言而不用鼻音，那他就不是我们熟识的金桥了。但是不知为什么，我隐隐地为金桥的胜利担忧，一般说来胜利假如来得这么容易，它就值得怀疑，也许它只是一个回合的胜利而已。

但是我要说那天的聚会有着难得的雨过天晴似的气氛，好朋友从来都是这样，他高兴你也高兴，他不高兴你设法让他高兴。大家跟金桥握别时都说，等着听你的好消息。没有人是未卜先知的神仙，没有人预料到第二天就发生了令人震惊的冷库事件。后来有人声称在事发前如何预感到了金桥的不幸，我想那是哗众取宠的无稽之谈。

金桥那天衣履光鲜而严谨，黑色西装，白色衬衫和彩色条纹领带，一切都显示了他对最后一次肉联厂之行的重视。在经过孔庙与邮电大厦间的路口时，金桥一眼看见眉君和她姐姐在路边鲜花摊上选购鲜花，愉快的心情使金桥骑在自行车上朝那姐妹俩挥手。他高声喊道，买一束玫瑰，那是爱情和凯旋的标志。但是路上的车流人声太嘈杂，眉君没有听见金桥的声音。眉君挑选了一束白色的苍兰。

东风肉联厂每逢周末总是格外忙乱，金桥在几辆卡车的夹缝中挤进了厂门，他害怕西装会沾上油腻，干脆把它脱了搭在手上。偌大的厂区里到处回荡着肉猪们粗声粗气的嚎叫，穿白色或蓝色工装的人们在卡车上下搬运着加工过的鲜猪肉，而屠宰车间的圆窗内人头攒动，两个女工从吵嘴到相互谩骂的过程很明显也很快捷。猪、猪屎、猪脑子、猪×。这些粗俗的声音再次顶进金桥的耳朵，他突然觉得自己已经不以为然了。金桥闯进徐克祥的办公室，里面没有人。正在东张西望的时候，对面政工科里出来一个人，他看见金桥眼睛一亮说，喂，你就是金桥吧？你顶住了屠宰车间的不良歪风，我们要表扬你的。金桥知道他指的是什么，金桥说，我不要表扬，我要找徐克祥。那个人说那你到冷库去吧，冷库今天很忙，老徐又去帮忙啦。

徐克祥果然在冷库里。金桥想把他叫出来，但徐克祥在里面喊，你进来吧，穿上棉衣棉裤，进来边干边谈，不会受冻的。金桥犹豫了一会儿还是进去了，他在穿棉衣棉裤时很担心自己的衣裤会不会被挤皱被弄脏，但他想反正是最后一次了，咬咬牙与徐克祥配合一回吧。

冷库里因为很冷，因为要保持低温，劳动的人很寥落，除了徐克祥，只有几个穿得异常臃肿的女工拖着小车来回地跑动。一个女工打量着金桥说，你也下冰库？怎么，才来没几天就提拔啦？金桥没有理睬她，他对女人总是宽宏大量的。金桥走到徐克祥身边，他觉得徐克祥的脸在低温环境下更显清瘦和憔悴，现在徐克祥的神态让金桥联想起外交家老焦晚年的一张照片。照片上的老焦在冬天的梅花丛里踏雪而过，手里抓着一本翻开的书。当然冷库里没有梅花，而徐克祥手里抓着的也不是书，是一条冰冻猪腿。

你让我来谈谈。金桥说，你让我来谈谈？

边干边谈，否则你会觉得冷。徐克祥把小拖车里的猪腿整整齐齐摞在一起，他说，像我这样干，卖力一点你就不会觉得冷，我们边干边谈。

可是，我们谈什么？金桥试着搬起一条猪腿，他忽然想到他应该先谢谢徐克祥，于是他把戴着棉手套的手伸过去，在徐克祥的手套上拍了拍,就这么握一次手吧,金桥说,我很高兴你批准我辞职。

批准你辞职我很不高兴,所以我罚你一回,陪我干活,陪我谈当前的国际形势。徐克祥嘴里吐出的热气遮住了他半边脸,他的声音听来喜怒难辨。不过你从今天起就不是肉联厂的人了,徐克祥说,你可以不听我的,我知道你讨厌猪肉,你假如没兴趣呆在这里可以离开。

不,我呆在这里,现在看见猪肉的意义完全不同了。金桥想了想又说,我陪你边干边谈,为了老焦,我陪你边干边谈。

谈什么呢?就先谈老焦吧,金桥我考考你,老焦是哪一年哪一天死的?

一九七六年七月十八日。

老焦死的时候身边还有谁?

一个人也没有,老焦死得很凄惨。

是没有人,但有一群老鼠,老鼠啃光了床头柜上的馒头,喝光了杯子里的牛奶,老鼠还把枕边的眼镜搬来搬去,它们想把眼镜带回洞里,但眼镜最后卡在地板缝里。

你怎么知道这些细节?

我亲眼看见的。那会儿我当兵,我看守老焦。

怪不得,怪不得你很像他。

不,我不像老焦,我是东风肉联厂的领导,别人背地里都叫我猪头,只有你没叫过。

那是他们不懂得如何尊重人,他们只喜欢侮辱和贬损人。

你在这里曲高和寡，跟我一样。

你现在该明白我为什么不放你走了，我第一次看见你就想，肉联厂终于来了一个好青年了，他尊重我崇拜我，可是我知道好青年都不喜欢肉联厂，肉联厂留不住一个好青年。

我们谈点别的吧，不谈切身利益，你不是说要谈国际形势吗？

其实我对国际形势不感兴趣，我只关心肉联厂的形势。

你要关心。不管你在部队还是在肉联厂，你都应该胸怀全中国放眼全世界。老徐你别笑，我不是开玩笑，请你相信我的真诚。喂，你知道这届美国总统竞选吗，布什、克林顿，两个热门候选人，你看好谁？

克林顿是谁？就是那个电影演员？

不，是阿肯色州州长，很年轻的一个候选人。

那他肯定不行。布什我知道，他很稳健，让人放心，再说他对中国不错。

你看好布什？

对，看好布什，那个什么顿的不行。

就因为布什稳健？其实稳健和保守只差半步，我倒是看好克林顿，他更符合当代政治家的标准。怎么样，老徐，我们来打个赌，我赌克林顿，你赌布什，到年底选举结果出来，谁输谁请客。

赌就赌，把手套摘了，我们勾勾手指。

他们准备勾手指打赌的时候，听见冷库的铁门重重地响了一声，与此同时天顶上的几盏电灯同时熄灭，突如其来的黑暗使两个人惊惶地跳了起来。

林美娣——

朱 英——

陈丽珍——

徐克祥高声喊着几个女工的名字，但冷库里一片死寂，唯一的回音是冷气机组里水的回流声。

她们走了，她们不知道我还在冷库里，徐克祥在黑暗中寻找着手表上的夜光，他说，离下班还有半个钟头，她们又早退了。她们像做贼一样地锁门，做贼一样地溜出厂门，她们认为我走了，否则她们不敢早退。

现在怎么办？我们肯定出不去了吗？

再等等看，我希望她们在跟我开玩笑，不过开玩笑的可能性不大，她们忘了检查一遍，看看冷库里还有没有人，她们脑子里只想着早点溜掉。也怪我，冷库是安全重地，我不该让林美娣她们在这里负责。

我觉得温度越来越低了。金桥在黑暗中蹦跳着，他说，我们不会一直这样冻下去吧？是不是应该找一下警报器，要不我们找到冷气机的开关，关掉冷气就行了。

没有警报器，冷气阀上个月就坏了，我让小于他们修，我猜他们还会拖上几天。徐克祥继续在黑暗中摸索着，他好像找到了冷气阀，但他没有能扳动它。该死，果然还没修，徐克祥骂了一声，他说，金桥，你看看肉联厂的这些人，你现在该知道我为什么不肯放你走了。

金桥凭着方位感去寻找冷库的铁门,他觉得他找到了。来人,快开门。金桥捶打着铁门一遍遍地吼叫着,但是铁门外也是一片死寂。他觉得外面的人应该能听到铁门的碰撞声,为什么没有人来开门?刹那间金桥的心头浮起一种不祥的预感,他怀疑肉联厂的一百多个工人都已经下班了。

别叫了,没有人会听到,人已经走光了,他们看见我不在厂门口,肯定都提前走了。金桥,别害怕,到我这边来,让我们一起想想办法。你找到别的棉衣棉裤了吗?

我什么也看不见,我快冻僵了。老徐,我觉得这是一起阴谋,就像国会纵火案,就像水门事件。

不,他们不是搞阴谋的人,他们是擅离职守不负责任的人。我现在很后悔没早点去把住厂门,让他们钻了这个空子。不,后悔没有用,金桥你过来,我把我的棉袄脱给你,我比你扛冻。

现在不是搞人道主义援助的时候,我不要你的棉袄。我们可以靠在一起,不停地说话,不停地活动,也许能挺到明天早晨。

金桥,我没看错你,你是肉联厂最好的青年。来,你靠着我,把你的手给我。我们刚才不是在勾手指打赌吗?你说你看好谁?克什么顿?

我看好克林顿。

我看好布什。

金桥觉得徐克祥握着他的手,就像父亲握着儿子的手,这使他感到一种奇特的温暖。但是寒冷的气流已经像巨兽一点点地吞噬他的身体和思想。他把手放在徐克祥的手上,他想更详细地了解已故外交家老焦生前的故事,但他觉得嘴唇被冻住了,思想和语言也被冻住了,他想活动自己的手脚,手与脚却失去了知觉。他依稀看见棉袄棉裤中手与腿上结满了冰花,没想到我也被做成了一块冷气肉。他张大嘴想让徐克祥听见他的幽默,但是他发现自己的幽默也被寒冷吞噬了,他听不见他的声音了。

金桥握着徐克祥的手,渐渐沉睡过去。他听见徐克祥说,别睡,千万别睡,金桥你快睁开眼睛。但他已经无力睁开眼睛,他愿意让时间在此停留,因为他又登上了那架巨大的飞机,那架横掠欧亚大陆的飞机,他看见已故外交家老焦和他坐在一起,而他们座位的前排后排坐着神交已久的美、英、德、法、日等国的首脑,让我们来谈谈新的世界和平计划!他看见自己在那次伟大的旅行途中站起来,他听见自己的声音,洪亮、自信、幽默,散发着无可比拟的魅力。

冷库事件后来被证实是一起意外事故。女工们第二天发现那两个不幸的冰人时,他们仍然站在那里紧紧地握手。正如两个死者奇异的临终姿态,事故的前因后果也令人扼腕嗟叹。

肉联厂的红色围墙外,是一个鸟语花香的春天。朋友们都说这个春天本来是越来越美好的,不知在哪里出了差错,五月的鲜花和阳光突然变成了寒冷和死亡的记忆。他们失去了好朋友金桥，也失去了一种高雅文明的风范，他们将无法借鉴金桥独特的追求完美的处世哲学，从此也不再有人怀着激情向他们传播有关中东战争、日美贸易或者总统竞选的最新信息。

春天以后，我们许多人都成了素食主义者，这种风气的形成源于金桥生前的女友眉君。据说眉君有一天看见餐桌上的炒肉片后放声恸哭，砸碎了一堆碗碟。眉君的悲伤很快感染了我们，我们都开始戒食猪肉，作为对金桥的一种纪念。当然许多场合许多时刻，我们都会想起金桥，譬如那年冬天——冬天距离春天也不过是一箭之遥，那年冬天我们从电视和广播中知道了美国总统竞选的结果，不出金桥所料，克林顿登上了总统的宝座。

(1995年)

桂花连锁集团

塔镇盛产桂花，一些在桂花树下长大的孩子，从小就掌握了与桂花交谈的诀窍，比如我本人。这事别人都不相信，不相信也罢，我现在不谈什么桂花，说的是一台装满桂花的手扶拖拉机的事，有一天，我鬼使神差地将这台手扶拖拉机弄到池塘里去了。

手扶拖拉机的车斗里装满了金色的桂花，它绕着松树塘转了好几个圈，一看就是晕头转向了。拖拉机手汗流浃背，对着秋天的太阳抓耳挠腮的，迷路的人总是这副愚蠢的样子。他迷路了。拖拉机手欠着身子看池塘，这有什么用？池塘从来不说话。我就站在路边，等着他来问路，可是他把我当成了一棵树，他把我当成了一个哑巴。后来他看到我了，拖拉机突突地向我冲过来，那人操着浓重的外乡口音问我，小孩，香料厂往哪儿走？但是他问得太迟了。我决定要让他付出代价。我指着香料厂相反的方向，退回去，从池塘那边的小路绕出去，一会儿就到了！那是好多年前一个秋天的下午，就在松树塘边，我看着运桂花的拖拉机向一个错误的方向前进，心怦怦跳着，我预感到谎言总会产生什么后果。果然，就在松树塘边，我看见拖拉机手突然惊叫了一声，那辆拖拉机像是被什么咬了一口，它先是跳起来，发出一种尖利的嘶鸣，然后便笨重地歪倒在池塘里了。我看见拖拉机手从池塘里仓皇地爬到岸上，这不算什么，更加令人难忘的场面是那些漂浮在池塘水面上的桂花，那些金黄色的桂花漂浮在水面上，全部复活了，它们以惊人的秩序和速度组成了花环的形状，山峰的形状，还有螺旋的形状，看上去美丽而大方。我听见那些桂花游泳划水的声音，而且它们在向我欢呼：干得好！干得好！

　　我当时是在放学的路上。我记得拖拉机手跪在池塘边，他的头发、衣领以及膝盖都在滴水。他咒骂着，用手在额角上抹了一下，然后他注意到我仍然守在树下，我看见他向我张开右手手掌，就像一个悲哀的魔术师，他亮出了一只血红色的手掌。必须承认我是被那只手吓着了，所以我拔腿便跑。我慌慌张张地绕过松树塘向镇上跑去，我没有来得及向后面望上一眼。如果我发现我的堂兄曹建立正在向拖拉机手走近，我就会多一个心眼，对于拖拉机事件我将准备好一套说辞，来摆脱我的干系。可我的后背上就是没长眼睛，我没看见曹建立，谁能想到这个疏忽导致了我和曹建立多少年的不平等关系！后来在我们镇上，人人都知道我是一个不诚实的说谎成癖的孩子，我把一辆手扶拖拉机骗到松树塘里去了。而一提起曹建立这个名字我便百感交集，曹建立是个多么好的孩子，他把受伤的拖拉机手带到了镇上的卫生院，然后他怒气冲冲地赶到我家门口，当众揭露了我在松树塘边的恶行。直到今天我还记得曹建立使用的那些并不恰当的措辞，他说我是骗子，说我是条害人虫，说我给塔镇的人脸上抹黑，这也就罢了，他还说我祸国殃民，这就让我觉得他是乱扣大帽子了。所以我当时就气急败坏，冲上去咬下了他的一片耳朵——当然，曹建立缺了四分之一的耳朵日后成为我一生的罪证，让我感到无法摆脱的羞耻。

开宗明义，我感到羞耻。许多年以来我一直感到羞耻，我一张嘴就说谎，我管不了自己的嘴巴。塔镇的乡亲们评论我说，那孩子聪明，就是没把聪明用到正道上去。你为什么那么喜欢说谎？你欺骗了人家，自己得到了什么好处？你有好处吗？自松树塘事件发生以后多少人这么谴责过我，我已经记不清了。我总是哑口无言，是呀，我得到了什么好处，有什么狗屁好处给我呢？就像拖拉机里的新鲜桂花覆倒在池塘里，只有池塘里的鱼儿得到了实惠，我又不能把那些湿桂花吃到肚子里去，我不是很愚蠢吗？我每次说谎以后，都能意识到自己这种绝望可笑的处境，所以我面对那些责问者时抓耳挠腮，眼神躲躲闪闪，心里则暗自期望某个奇迹的发生，让这些伶牙俐齿能说会道的人舌头闪了吧，别让他们喷着唾沫星子来骂我，救救我，让这些人变成个哑巴吧。我的堂兄曹建立，他羞辱我的口气比毛主席的口气还大。毛主席还提倡治病救人呢，他却说我如果改了说谎的毛病太阳会从西边出来！现在我还时常想起在塔镇的一个屈辱的日子，想起曹建立和另外一些同学围着我，他们的手指几乎戳到了我的鼻子上,说,你为什么要造谣,为什么说姚老师生了一个怪胎?人家的小宝宝那么可爱,那么健康,怎么就是怪胎了?你说,你说呀,姚老师对你那么好,那么耐心,你凭什么造她的谣言?我记得那次我差点哭了出来,并不是出于忏悔之情,是一种无法申辩的痛苦让我热泪满面。我看见产后发胖的姚老师站在走廊上,身披一件桃红色的毛衣,她的白皙而丰润的脸上也满是泪痕,这个伤心过度的数学教师一定在后悔她对我曾经付出的爱,她预言我以后在数学领域会成为像陈景润一样的大人物,她还在课堂上劝告别的同学,不要抓住我的一些缺点不放,看人要看主流和大方向。可是什么是我的主流,什么又是我的大方向呢?她一定在后悔女人盲目的仁慈和乐观了。我记得那天塔镇弥漫着桂花的清香,他们就在桂花的香味中按部就班地审问我。审问没有结果,我始终保持沉默,但终于泪流满面。他们有点疑惑,一方面我的泪水代表了某种悔过之意,另一方面我的眼神却坚如磐石。以后还造谣不造谣了?曹建立看着我,又看看走廊上的姚老师,他说,还不快去向姚老师道歉?我没有动。曹建立就推我,他说,去呀,这次对你宽大处理,以后你再造老师的谣,哼——我还是挺坐在椅子上,我就是不愿意听从曹建立的摆布,而且我的眼泪很快就干了。曹建立这种拉拉扯扯的举动不仅没有制服我,反而引起我新的冲动。我突然推开曹建立,我没有造谣!我用接近挑衅的语调向他们怒吼起来,没有就是没有,你们说我造谣有什么证据?然后我就逃走了。我跑过走廊的时候,注意到姚老师伸出一只手,似乎要抓住我,但我像一匹红鬃烈马一样从她身边飞驰而过,她没有抓住我,身上披着的毛衣却落在了地上。那是一个特殊的具有纪念意义的日子,我不仅说谎,而且对谎言矢口否认。塔镇的桂花因此散发出无比悲哀的香气,纷纷从树枝上摇落在地。那年秋天塔镇桂花严重歉收,我怀疑桂花也像塔镇人一样,对我充满了偏见,就连桂花也要把歉收的责任记在我的账上。

他们一直要求我重新做人,同时一丝不苟地把我的恶行记录在案。看看我从小学到中学再到供销社的档案吧,学习成绩优良,工作表现也积极,问题都出在思想品德方面。该同学(同志)——他们无一例外地指出我的致命缺点:不诚实,撒谎成癖。我记得有一个老师故作深刻,他说我愚弄了别人也愚弄了自己。我还记得当我二十岁那年离开塔镇的时候,曹建立受组织委托来为我送行。在我欢天喜地跳上开往大城市的长途汽车时,曹建立的脑袋伸进车窗,对我说,到了大城市,以前的毛病得好好改了。我看过你的档案,你没有别的污点,就是说谎呀。我仍然否认,我说,你他妈才说谎,我从来不说谎。曹建立这时候就把脑袋小心地转了半个圈,将他残缺的左耳朵对着我的视线,他非常狡诈地向我挤着眼睛,看看我的耳朵,他说,以后说谎的时候就想想我的耳朵,想想我为了挽救你,付出多大的代价!

我为塔镇贩运和出售桂花。

改革开放在塔镇那种地方更多的是刷在供销社墙上的标语口号，这么神圣壮观的浪潮在我现在居住的大城市中才具备滚烫的温度。我在天城为塔镇贩运和出售桂花已经好多年了，不管我在塔镇的父老乡亲是否承认，我现在就代表着塔镇的桂花，甚至代表着塔镇。每年深秋季节，我在天城的环城公路上，迎接来自家乡的一年一度的桂花，几个笨头笨脑的不辨方位的塔镇司机在我的引导下，将塔镇著名的桂花一车一车地运进大城市。浓烈的桂花香再次提醒我，我的命运就是桂花，桂花就是我的命运。而我从司机们注视我的眼神中发现，这么多年来，我仍然是他们关注的人物。六骗子，让我们看看你的能耐吧，六骗子，把你的聪明用在正道上吧，六骗子，用桂花的荣耀来洗清你的耻辱吧。

一个大城市需要多少桂花？这儿的化工厂、牙膏厂、食品加工厂、糖果厂、冷饮厂一年需要多少桂花？这本是桂花树自己的事务，可是桂花树没脑子，光顾生产不管销售，麻烦事都推到了我的身上。我二十岁那年开始在天城地区奔波，手里提着一个装满桂花的塑料袋，嘴里摇晃着三寸不烂之舌——多少人的鼻子检测了塔镇桂花的香气，我问，香不香？人人都说，香，确实是香。我说，不是一般的香，是天下第一香，现在让你们免费闻，以后就轮不到你们闻了，以后特供中南海，级别低一点的中央领导都不一定能闻到！刚到天城的时候，我和桂花对这个城市都是个悬念。邻居家是一对母子，小男孩在空地上骑三轮车，年轻的母亲倚靠在墙上，一边打毛线，一边看管着小男孩。第一次小男孩问她母亲，那人是干什么的？他母亲说，是租张大爷房子的房客，不知道是干什么的。第二次小男孩问他母亲，那人手里拿的是什么？很香！年轻的母亲吸紧鼻子嗅了嗅，装得见多识广的样子：桂花，那人是个卖桂花的。后来那男孩看见我就大叫一声，卖桂花的，你为什么要卖桂花呀？对一个孩子，我没什么可吹的，我就对他说，我们塔镇穷，什么都没有，就有桂花，别人都卖这卖那的，我们只能卖桂花。孩子对我难得的坦诚却不领情，你骗人，他瞪大了城里孩子常见的警惕的眼睛，说，桂花又不能玩又不能吃，没人要买你的桂花！我说，怎么没人买，我们塔镇的桂花，天下第一香呀。我就掏出一把桂花放到孩子鼻子下让他闻，没想到孩子让桂花香冲了一个大跟头，从小三轮车上摔到了地上——有人讥笑我了，说我利用一切机会为塔镇桂花做广告，我发誓这是真事。那孩子的母亲后来看见我就紧张，说，卖桂花的，你离孩子远点！

　　卖桂花的。这行当使我在天城的街道上显得形迹可疑，这怪不得塑料袋里的桂花，也怪不得塔镇的领导，我这一生本来也很可疑。那年头好多外地人在天城走街串巷，温州人推销他们的皮鞋，泰兴人推销他们的麻将，皖南人沿街叫卖黄山茶叶，我卖的就是塔镇的桂花，天下第一香。可是人家对天下第一香不感兴趣，泰兴人用两副麻将牌从温州小贩手上换来了一双皮鞋，我的鞋子走烂了，提着一大袋桂花找到温州人那里，那家伙竟然对我说，不换，我要桂花有什么用？桂花换皮鞋，亏你想得出来，你怎么不去扫一堆树叶来跟我换皮鞋？你们听听这些利欲熏心的小人是怎么看待塔镇桂花的，要说屈辱，我受到的最大屈辱就是这个桂花换皮鞋的屈辱。当时我就发誓，哪怕我光着脚也不找温州鞋贩了，谁的东西更珍贵，谁说也不算，以后让商品经济来评判，以后哪怕你这温州鞋贩拿着美元来抢购塔镇桂花，休想拿走我一撮桂花末子！

打江山的日子一言难尽。创业的艰难让劳动模范去说，我懒得去说它。那些塔镇的乡亲们最想知道的还是大骗子如何将聪明用在正道上了。我在天城的生活其实也是以说谎为主，但是由于角色的变迁，你推销桂花，即使你把桂花说成是梅花或者桃花也没有人再计较，买卖就是那么简单，结果反正是两种，成交，或者不成交。你诚实没用，你说谎——也没用。刚到天城的时期我经常面对着满屋子的桂花发慌。我问这些被晒干了的香喷喷的桂花，说，怎么能把你们都卖掉？一屋子桂花齐声回答，说谎，说谎，把我们都卖光！不骗你，我确实听见了桂花的声音，我感觉到桂花对我的成见比我堂哥曹建立还要深。它们自以为了解我，逼迫我把它们都卖光，说到底是让我将功赎罪。我听懂了桂花喧闹背后的潜台词，你不是谎言专家吗，现在用你的谎言去为塔镇创造财富吧！

我是在远离了塔镇以后，才对自己的品行进行反思的。在天城，人们干什么都唯利是图，他们才不关注一个桂花推销员的品行呢，冷落一个人的谎言有时比忽略一个人的美德更加令人扫兴，我体会过这种心情。我的房东租房给我的时候，问我是不是单身，我看出他的意思是不喜欢单身汉，就说我结婚了。他说结婚了好，结过婚的比较安定。没几天，我在房东的煤气炉上煮面条的时候，房东过来与我搭讪，说，你妻子什么时候过来？过来就好了，能好好吃饭了。我脱口而出，我单身，就这么吃饭。我当然立刻回想起那个小小的谎言，我以为他会指出我说谎的事实，但是这个衣冠楚楚的退休工会干部只是抹了一下衣袖，慈祥地微笑着问我，那你什么时候结婚呀？有没有对象，要不要我在这里给你介绍一个？我也不客气，说要，要啊。结果你猜怎么样，他立刻就往厨房外面走，说他要去收衣服，介绍对象的事情以后再说，以后再说。

  这里是大城市，与塔镇风气不同，我难以判断这城乡差别对我是福音还是不测。就拿我的房东老张来说，他的宽容与刻板同样让我措手不及。举个例子，他说他有高血压，我就即兴地编了一套谎话，让他拿一些桂花就着红糖水喝下去。结果他拿了个篮子进了我的仓库，足足装了有四五斤桂花走，他根本就不考虑我的偏方是否有科学道理。后来我发现他老伴每天用这些桂花做桂花圆子当早餐，这不去说它，几天后他来要房租，我那会儿非常拮据，关着门装睡觉。那老头，他就站在外面敲了半小时的门！是我面子上先下不去了，我对他嚷嚷道，不是告诉你迟两天缴吗，你怎么能这样敲门？这下老头恼火了，他说，我不这样敲你还在装死，没见过你这样的年轻人，说话不算话，定好了今天缴房租，怎么可以言而无信！我几乎是出于惯性，对着门外说，等到后天我就有钱了，我多给你五十怎么样？老头在外面先是发出一声冷笑，然后是更加愤怒的敲门声,你还在骗我?你以为我看不出来?你是个骗子!乡巴佬跑到大码头来骗人,哼,你小心我去派出所,小心让公安把你铐走!

我从塔镇那样的封闭而保守的小地方来,到了大城市是准备接受别人再教育的,可我从来没遇见过老张这样的机会主义分子。你看他是怎么对待我的谎言的,事不关己他就高高挂起,可是为了一百块钱房租,听听他是怎么威胁我的!我当时就明白这些大地方人是怎么回事了,我当时就明白了,天城的这个房东,比塔镇的堂兄曹建立可恶了一百倍。

塔镇的领导决定在天城设立桂花办事处,是我到天城创业第三年的事。发展是个硬道理。科技要发展,教育要发展,第三产业要发展,桂花业当然也要发展。卖豆腐的都在天城街头挂牌了,塔镇的桂花为什么不能挂牌呢?挂牌之前我已经得知自己的职务是办事处副主任,领导正在研究,派谁来当这个正主任。我没有什么牢骚,我有自知之明。领导暗示我,让我当办事处副主任已经顶了很大的压力了,我相信他们有压力,我相信这两年我对桂花的贡献并不能改变我在塔镇人心目中的形象。他们会说,卖桂花是卖桂花,狗改不了吃屎,那家伙反正不是个好东西。

我没有想到他们派曹建立来。有一天,我正忙着粉刷办事处的简易房,看见窗外有个人的脑袋一晃一晃的。我眼尖,一下就看见了那只残缺了四分之一的耳朵,我差点就从梯子上摔下来。只有我自己了解曹建立的出现对我的打击是多么沉重，我听见曹建立在外面喊我的名字，我不敢答应，只是孤立无援地看着墙角里堆放的桂花。那些桂花现在对我很有感情，它们直着嗓子叫起来，不要，不要，不要！我说，不要也得要呀，他来了。然后我看见曹建立风尘仆仆地闯了进来，我听见我的桂花一齐冲着他嚷嚷起来，走开，走开，走开！我过去把桂花码放整齐，安抚了它们的反抗情绪。我说，他是主任，我是副主任，你们要尊重他。桂花又齐声反问，为什么？为什么？为什么？我有点不耐烦了，向它们踹了一脚，说，没有什么为什么，他诚实，我爱说谎！他是正的，我是副的！

曹建立后来告诉别人我的脑子出了问题，说我经常一个人嘴里嘀嘀咕咕的，说的就是我对桂花的倾诉。我的牢骚我的心事，还有我对社会的看法，我都对桂花说，反正它们不来批评我，也不来教育我，更不会向领导打小报告。反正我和曹建立弄不到一起去，你们自己想想吧，水和油怎么合作，鲜花和狗屎怎么合作？遇到这么官僚主义的行政任命，让我怎能不苦闷？我和曹建立，你让我们怎么合作！

说来奇怪，曹建立来到天城后的几天一直下雨。天上灰云笼罩，人和房子都麻木地浸泡在雨水中，汽车和自行车慌慌张张地从桂花办事处的窗前通过，这使曹建立感到城市生活沉闷无聊的一面。他就跟我说话。他说，如果下雨，你就一直坐在屋子里，不出去玩玩吗？我说，我不出去，我找一个女孩子，不，有时候找两个女孩子来，陪我说话，还陪我上——我知道曹建立会听不下去，他果然打断我的话说，我不是那个意思，为什么说到玩就是女孩呢？他用一种嫌弃的目光瞪着我，紧接着他笑起来，指着我鼻子说，又瞎编了，一个女孩不够，还两个女孩呢，喊，狗改不了吃屎，你就是没真话可说。我说，我跟你说真话，你又不相信，有一次我找了三个女孩来，一个替我剪指甲，一个替我洗头，最漂亮的那个，陪我上——我就知道他会再次打断我，他挥手推搡了我一把，说，赶紧给我闭嘴，你他妈的说谎没个够，跟你这种人，就是没法交流！我看看外面的雨，再看看曹建立愠怒而消沉的脸色，感到一丝内疚。对曹建立，最友善的办法就是不跟他说话。可你看到了，桂花办事处就我和曹建立两个人，不跟他说话能行得通吗？想到未来与曹建立相处的日子，我忧心如焚。我闻到桂花在阴雨天里散发出异常尖锐的香气，它们在大塑料袋里向我招手示意，好像有什么锦囊妙计对我说。我就走过去了，这时候发生了一件不同寻常的事，有一小撮桂花急匆匆地从塑料袋里泻出来，对我耳语道，教他说谎，教他说谎，教他说谎呀！我被我的这些桂花朋友吓了一跳，不由得回头向我堂兄曹建立看了一眼。我看见曹建立皱着眉头站在窗边，他侧着脑袋在看什么人，是一个打着雨伞走过的年轻美貌的姑娘，姑娘的身影酷似他的妻子潘丽霞吗？那个瞬间曹建立的表情也许是一生中最脆弱最浮躁的。我不得不承认桂花比我更敏锐，它们乘虚而入的建议与其说是个阴谋，不如说是一种战术。我信任桂花，于是我走到曹建立身旁，非常自然地迫使他说出生平第一个谎话，我说，是不是想家了？曹建立迟疑了一秒钟，斩钉截铁地说，不想，想家干什么？这样的谎话不够彻底，我瞥见他的化纤裤子处不正常的褶皱，于是我问他，也不想小潘？也不想女人？曹建立瞪了我一眼，抓了抓裤子，说，少跟我来这套，想她干什么？他的眼睛中掠过一丝惘然之色，这大概是一个诚实的人说谎时必然的流露。然后我期待的事情就发生了，作为一个性欲亢进的青年男子，曹建立突然说，我从来就不想女人！我看着曹建立涨得通红的脸，某种恻隐之心让我感到自己的阴谋过于残酷了，但我怎么能将别人的谎言塞回他的嘴里？说谎就是说谎了，一切都无可挽回了。我听见办事处里到处堆放的桂花在鼓掌欢呼，曹建立，说谎啦，曹建立，说谎啦！

对我堂兄曹建立的改造是个大工程，毫不夸张地说，这比管理一个占地一百亩的桂花林还有难度，但我至今否认这是一件邪恶的事情。我教他承受谎言，教他附和谎言，甚至让他亲口说谎，并不是为了我的一己之利，是为了我们塔镇，为了桂花办事处的工作更加顺利地进行。

在国营大企业百花食品厂的办公室里，我和曹建立面对的是一个老奸巨猾的供销干部老黄小姐。事先我告诉过曹建立，老黄小姐是我们的谈判对手，这个四十岁的小姐最爱听的奉承就是年轻和美丽，还有就是她的脸型酷似著名演员潘虹。但是一进办公室我就发现曹建立弄错了方向，他对老黄小姐不感兴趣，对那个无足轻重的负责打字的小黄小姐却表现了过多的殷勤。我趁人不注意的时候强行把他的身体扳向老黄小姐这一边,他就勉勉强强地对人家咧嘴一笑,说,你长得很像刘晓庆呀!结果弄得老黄小姐一脸不高兴,说,谁像她呀?我知道在曹建立的心目中两位女明星是一回事,可人家老黄小姐不这么看。她后来就一直别别扭扭的,说,你们塔镇人,除了种桂花卖桂花,什么都不知道嘛。这不去说它,我在天城这几年,什么难听话都听过,不跟她女流之辈一般见识,我恼火的是曹建立在一旁的表现。我对老黄小姐说,今年塔镇桂花减产了——曹建立就插嘴说,谁说减产了?今年桂花收成比前年还好!他根本就不琢磨我的用意就来纠正我,就像他从前习惯的那样,他认为大丰收代表着塔镇的荣誉。我说,今年桂花的价格可能要提高一些——曹建立又说,提价上面还没批,你们老客户,我们互惠互利嘛。我看见老黄小姐忍不住捂着嘴笑,小黄小姐也在后面咯咯笑出声来。我怒视着曹建立,让他认识到自己的言行是多么愚蠢,可曹建立毫无惧色,他的倔强一定是来自多年来与我共处时建立起来的优势。我看见他用更愤怒的眼神盯着我,而且他还恶狠狠地启动嘴唇,虽然没发出声音,但我还是听见了他固执的批评:骗子,骗子,不准骗人。我积聚多年的仇恨在一瞬间迸发出来了,我扔掉了手里的一袋桂花样品,扑上去,狠狠地打了曹建立一个耳光!

这个耳光把在场的所有人都打傻眼了。老黄小姐和小黄小姐都是花容失色,站起来拉我的手,说,怎么打起来了,你们是搭档,怎么打起来了?曹建立的反应出乎我的意料,他只是在脸颊上象征性地摸一下,那只手急促地捏住他的耳朵,先是左耳，然后移向右耳，最后他的手停留在左耳朵上不动了。他失神地望着我，忽然发出一种尖利的冷笑，然后我看见他向我抖动他的左耳朵，就是那只被我咬过的耳朵。这是撒手锏，他知道我对那只耳朵的恐惧。我不敢看那只耳朵，我低下头看洒在地上的那些桂花样品。我听见桂花样品在埋怨我，丢脸，丢脸，丢脸！桂花从来是公正的，这次它们指责的是我，我也不再狡辩。我把曹建立丢在那里，一个人就跑了。

无论如何这是别人嘴里的一个笑柄，从百花食品厂归来后的一个星期，我与曹建立没有说过一句话。这事对我很容易做到，我可以和满屋子的桂花说话。桂花是仁慈的，富有献身精神的，它们不堪忍受办事处里冰冷的敌对的气氛，按捺不住地劝告我，不要内讧，不要内讧。我说，不是我要内讧，是他不合作。我看见那么多桂花都掉头对曹建立说，要合作，不要内讧！曹建立却听不见，他在打长途电话，向塔镇的领导汇报桂花办事处的工作，他说工作很难开展，说我和他经营观点有分歧。我听见他用一种非常痛苦的语调问，办事处的工作应该听谁的？长途电话在这里出现了长时间的停顿，我能猜到塔镇的领导会说什么。这里的桂花先焦急地嚷嚷起来，共同协商！共同协商！领导果然也是让我们共同协商。曹建立的表情看上去又焦虑又惘然，他放下电话的时候咕哝道，共同协商？共同协商是听谁的？等于没说嘛。

曹建立的嘴上先是起了一个水泡，紧接着冒出葡萄似的一串。用我们塔镇的话来说，这是让火气烧出来的。我能感受到他心中的焦虑，但我就不上火就不焦虑了吗？这是非常时刻，如果我与曹建立多年来的较量是一场战争的话，现在就是淮海战役了，是诺曼底登陆的时刻了，不是他跨过我的长江，就是我登上他的诺曼底。有一天，他上街带回一瓶白酒和好多卤菜，说要和我协商工作，我知道协商对于他就是缴械投降，酒菜都是白旗。胜利的曙光使我胃口大开，我听见他说，你做买卖在行，桂花市场主要由你开创的，现在还是你做主，我协助你。我说，怎么个协助法？我说东你就说西？他尴尬地笑着说，我不说话，让你说，我就做个哑巴。我说，光做哑巴还不行，你得在一边附和，帮着说。他叹了口气，说，我懂，就是你在扯谎的时候我要帮你圆谎。我在判断他的表白具有多少诚意，他说着说着就露出了狐狸尾巴了，以后我学乖，你就是对客户说你是毛主席的小儿子，我也不管了，我就在一边说，你就是毛岸青的弟弟。他说，以后我什么也不说，就负责给你帮腔，你说塔镇的桂花能做原子弹，我就说，已经发射成功了！我听他话越说越不顺耳，就急眼了。我反问他怎么就知道桂花不能制造原子弹，谁也没试过，怎么能证明那是扯谎？曹建立让我一下问傻了，结结巴巴地说，桂花原子弹，那你去造呀？我借着酒劲拍案而起，塔镇为什么落后，根子就在你们这些人身上！商业社会，公关技巧是门艺术，你懂不懂？如果说个谎，能把二等桂花卖特等价，你说不说谎？曹建立便嘿嘿地笑，说到办事处的业务时，他的责任心就掩盖了道德观，我知道他的弱点。我当然要利用这个弱点，我说，如果说个谎，我们办事处能多赚五万元，五万元能给塔镇办多少事？啊？让你多赚五万元，你说不说谎？曹建立诚实的禀性使他躲开了我煽动性的眼神，他嘟囔道，五万元不多，如果多交十万元，那我们办事处的贡献就大了。我抢过他的话说，十万元也不难，就看桂花是怎么推销的。曹建立眨巴着眼睛，委屈地说，我不是说了吗，我协助你，你说怎么推销我们就怎么推销。我说光有态度还不行，得有行动。他紧张地瞪着我，问，你到底什么意思？我就打开天窗说亮话，从今往后，收起你那一套，为了塔镇的桂花，为了这个桂花办事处，你要学习说谎，我一个人说不行，我们两个人一起说！我看见曹建立像是被什么咬了一口似的，从椅子上弹了起来，他直视我的目光像个受惊吓的孩子，我甚至发现了他眼睛里的一星泪光。他说，你在为难我，你是故意为难我。他侧过脑袋，我提防他又向我展示他的左耳，就转过脸望着窗外。我说，谁天生爱说谎？我是说谎说惯了，你现在也得说，跟我一起说，不说不行，不说就散伙！我看得出曹建立是怎么一点点地崩溃的，他的屁股在椅子上扭来扭去的，一杯酒拿起又放下，最后他扬起脖子灌下一杯酒，说，好，我答应你，说谎！我看他眼睛里的泪光越来越亮，心中有些不忍，但我想斩草要除根，于是我说，记住，不是为我说谎，是为了塔镇！他慢慢点头说，对，为了塔镇，我们要齐心协力。我说，齐心协力也不是那么容易的，关键是统一认识。他听我说得机巧，脑袋又向我凑近了。我正好看见他的左耳，这使我的气焰收敛了好多，我就看着办事处堆放的那些桂花,换了一种心平气和的语气,比如就说扯谎这事,我说,现在我们一定要统一认识,桂花能卖掉,能卖好价钱,什么话都是真话,桂花卖不掉,什么话都是谎话!我说出最后这句话的时候,就意识到我是真的胜利了。曹建立悲哀的眼睛里突然冒出一团炽热的火花,然后他就猛地拍了一下我的肩膀,大叫一声,说得好,这下总算把我说明白了!我们,他妈的,为了塔镇,为了桂花,说谎,说谎,他妈的,就要说谎!

那是多么神奇的夜晚呀,连桂花都在为我和曹建立的结盟欢呼叫好,它们让我们干杯,我们干了好多杯。感谢桂花办事处,感谢塔镇的领导,感谢桂花,感谢桂花市场,他们让我和曹建立团结起来了,一个划时代的夜晚!我的眼睛后来湿润了,只有我自己知道这眼泪为什么而流,我为一种前所未有的轻松而流泪。这个夜晚,我依稀看见了多年前在松树塘迷路的拖拉机,看见我和曹建立一起打捞着池塘里漂浮的桂花。醉意蒙眬中,我听见周围响起一片鼓掌声,有个庄重而热情的声音在我们耳边不停地回荡着:精诚合作,共创未来!未来!来!

桂花办事处处理与桂花有关的业务,这个城市市场上出售的许多食品与我们有关。桂花圆子、桂花年糕、桂花糖、桂花饼、桂花藕粉都吃到人们肚子里去了。如此消亡的塔镇桂花算是幸运的,最不走运的是那些被提炼成香料混在香皂、牙膏和花露水中的桂花,它们只是被制造成一种香气,在人们的日常生活中轻描淡写地一闪而过。我与桂花打了那么多年交道,我能听见被一袋一袋出售的桂花的抱怨，它们在抱怨塔镇发展桂花业的盲目和失控，他们大批地开垦桂花园，却等不及漫长的花期，他们现在学会了使用各种农药化肥让一棵幼小的桂花树提前开花。于是我看见了那些早熟的奇形怪状的桂花，它们看上去像金色的塑料碎片，或者像纸屑，手指一捻就碎了，竟然没有韧性。塔镇桂花的香气闻起来也非常勉强，我说，你们怎么啦？桂花就一齐向我控诉，去问他们，去问他们！我怜惜桂花，抓起一把桂花问，你们怎么湿漉漉的？怎么晒不干呢？那些桂花就说，我们天天感冒，打喷嚏！我说，怎么会感冒打喷嚏呢？桂花就嚷嚷起来，让农药熏的，让农药熏的！我放下那些病歪歪的桂花，又抓起一把细碎的等外品桂花，说，你们怎么忸忸怩怩不肯长大呢？等外品不值钱呀。那些桂花就冤屈地叫喊起来，不是我们没长大，野蛮操作，是野蛮操作呀！我还在桂花末里找到了许多桂花叶子，我问那些桂花叶子怎么混进来的。桂花叶子更加冤枉，它们为自己申辩说，是机器把我们扫进来的，我们愿意留在树上，是机器摘花乱摘一气呀。

　　我能与桂花交谈，所以我最早意识到塔镇桂花出了问题。我尽量抚慰受到粗暴待遇的桂花，并且直言相告，它们必须忍辱负重，为塔镇的经济腾飞献出一切。桂花们心里有气，齐声责问我，为什么？为什么？我其实也不能解答这个疑问，被逼急了就出口伤人了，谁让你们是桂花，是桂花就是这个命！我看那些桂花犟头犟脑不服气的样子，忍不住一语道破天机，别以为你们是天下第一香就骄傲了翘尾巴了，那也是被我们炒作炒出来的，塔镇桂花怎么啦，能卖的都得卖，不能卖的想方设法也要卖!

我向曹建立反映了桂花的问题，更重要的是反映塔镇新兴的桂花业从业人员的问题。但曹建立那会儿被繁荣的桂花市场冲昏了头脑，他对我说，顾不上这么多小问题了，我们要开拓北京市场，我们要开拓上海市场，还有广州市场，上面还要筹备桂花连锁集团呢!

那是曹建立在桂花办事处最辉煌的时期。现在我想起他穿着杉杉牌西服，夹着鳄鱼皮公务包出入在天城的食品企业和酒楼歌厅的情景仍然百感交集。古人所说的青出于蓝而胜于蓝，说的就是我与曹建立的关系。他是桂花大王。桂花大王，起初这是我与他一起出去谈生意时的口径。我向别人介绍说，这是桂花大王。后来他把这个称号印在了自己的名片上，曹建立后来被我改造成一个什么样的人？他的名片就是一个举例说明。

曹建立疯狂的言行我其实早注意到了。最初他的谎言是根据我的思路和口味编造的。比如他告诉我们的客户，他刚刚从南非归来，与南非的香水制造商共同开发系列桂花香水，说他顺便去拜访了著名民权领袖曼德拉。别人问他，你去拜访他干什么？谈桂花吗？他的回答也沿用了我的风格，说，是呀，是谈桂花，我们想让他为桂花香水做广告。平心而论，这样的谎言是有利于桂花办事处的业务的。但人在说谎这事上的潜能也是不可估量的，曹建立后来越说越离谱，越说越没有意义。我记得有一次和一个来自浙江的香精业务员谈着生意，谈得好好的，他突然告诉对方，明天不能回浙江，明天浙江闹地震。那个年轻的业务员瞪大眼睛说，骗我吧，你怎么知道明天浙江要地震？电台说的？报纸说的？曹建立挥了挥手说，电台没说，报纸也没说，是我曹建立说的，等着吧，明天浙江地震，七点五级地震。我惊讶于曹建立说谎的不计后果，事后我问他为什么要扯这种谎。他一时语塞，承认自己没必要说这种谎话，但他又强调自己的身不由己，说，我忍不住呀，看他一本正经的样子，我忍不住想骗他！

我造就了一个比我更疯狂的骗子，这也是我始料不及的。我一直以为曹建立是一辆红色拖拉机，我是那个拖拉机手，我以为我能驾驭他，但后来我就失望了，他竟然骗到我的头上来了。他告诉我，我一直喜欢的一个香港武打明星娶了一个泰国人妖做老婆，我不相信，他就要跟我赌一千元钱。你不相信他就下一千元赌注，这是曹建立最常用的伎俩。别人往往被他吓倒，我可不会上他的当，后来证明那武打明星娶的是一个息影的女明星，人家根本不是人妖，白纸黑字的消息登在报纸上。我拿着报纸去找他，他却把打赌的事赖了个干干净净。一千块钱是小事，拿不到我也不计较了，我不能原谅的是关于他妻兄的谎话。他告诉我他妻兄在广东混得很好，负责一家上市公司的财务，能弄到这家公司的原始股股票。我那会儿也是让社会上的股票热冲昏了头脑，又觉得曹建立骗谁也不能骗我，我交给他五万元，差不多是我所有的积蓄了——说这事也是丢我自己的脸，塔镇的乡亲们会说，六骗子让曹建立骗了，那太阳真是会从西边出来了！我没脸说这事，就是想说曹建立当时接钱的手，想起那只手我就追悔莫及，曹建立抓钱的手一直在颤抖，我还说，你抖什么？投资就要花血本！他问了我一句，吃饭的钱你还有吧？我当时觉察到曹建立有点异样，但我和塔镇乡亲犯了同样的毛病，学会了用发展的眼光看待社会，却没学会用发展的眼光看待曹建立。他是曹建立，我是六骗子，打死我我也不信，曹建立，我的堂兄曹建立，骗到东，骗到西，最后骗到了我的头上！

一切都是有预兆的。起初我注意到塔镇桂花对曹建立的仁慈的挽救，曹建立出门去找那个欧阳小姐时，塔镇的桂花一起行动起来，它们搬动自己轻盈的身体，挡住办事处的出口，它们对曹建立喊，堕落，堕落，堕落。曹建立听不懂桂花的劝阻，而且还不领情，他总是飞起一脚把桂花袋子踢向一边，嘴里还骂骂咧咧，骂讨厌的桂花也跟他对着干，怎么总是来挡他的道？曹建立一走，我就听见桂花掉过头来齐声谴责我，教唆犯，无耻，教唆犯，无耻！我知道自己错了，却不能为自己辩护，我面红耳赤地把桂花分门别类地重新放好。桂花又冲我叫起来，救救他，救救他！我被桂花们嚷得心烦意乱，我去救他，谁来救我？我这么大叫了一声，办事处里的所有桂花都安静下来了，或许它们最清楚，我也是需要救赎的。桂花安静下来，我突然就想起了许多年前被我骗进松树塘的那台手扶拖拉机，想起拖拉机坠水时溅起的那一大片水花，还有那些新鲜的金色的桂花是如何覆倒在水面上的。我想电视主持人常说的开场白,什么历史有惊人的相似之处,这不是卖弄嘴皮子,说得很有道理呀。那天下午,我仿佛回到了松树塘边,我看见曹建立驾驶着那台手扶拖拉机迷失在池塘边的泥泞路上,可是你们也都看到了,他没有来问我,去香精厂怎么走?即使他来问我,我也不能给他指路了,这绝不是推托,这么多年了,谁还记得去香精厂的路怎么走?

桂花大王曹建立堕落为一个诈骗犯的故事曾经上了天城的各家报纸。这事恰好发生在塔镇的桂花连锁集团挂牌开张的前夕。天城是个大码头,人们要关心的国际国内大事多如牛毛,他们遗漏曹建立的故事非常自然,但是在塔镇,连小学校里的孩子也在谈论曹建立的故事,说他让天城的一个歌厅小姐毁了前途,毁了一生。塔镇淳朴的民风使人们一遍遍地回忆曹建立孩提时代以及青少年时代的优秀事迹,他们无法承受曹建立的噩梦般的结局。老人们说,天城去不得,去不得呀!曹建立以前在镇上的同事为他扼腕叹息之余,也互相调侃,说,小姐碰不得呀!而塔镇的领导看问题深入一些,他们对我这样的外地办事人员援引曹建立的事例说,骗了两百万!骗个十万八万的我们还能挽救他,可他骗了两百万,你们这些同志都要吸取教训,金钱贪不得呀!那段时间我心神不宁。我害怕这些塔镇人问我一个最抽象也最简单的问题,曹建立,那么老实那么本分的一个人,怎么几年之间就变成了一个大骗子?好在人们的注意力都放在桂花连锁集团的开业大典上去了。

还是桂花帮忙,曹建立收审了,没我什么事。我忙着张罗连锁集团的筹备工作,是筹备组的干事,这次连副职都不是。我有思想准备,连锁了嘛,连锁集团从办事处的副科级一下上升到正处,处级干部名单当然也没我什么事。开业大典很热闹,来了一个负责乡镇工业的副省长,虽然只是剪个彩,但是剪彩的照片被拍下来,可以永久陈列,来了一个人大副主任,一个政协副主席,是省级的,还来了两个副市长,当然是市级。来宾都讲了话,鼓励了塔镇的外向型经济,也赞扬了塔镇人的开拓精神,所有的讲话都录音了,以后要否定不是那么容易。我手捧一只花篮,花篮里装满了塔镇的丹桂花。领导让我捧桂花是极富意味的,他们说,你来捧桂花,这不是普通的桂花,这是塔镇的事业呀。我又不是笨蛋,我知道这是他们对我的安慰。他们没有提拔我当桂花连锁集团的经理,甚至副经理也没有考虑我,只安排我当市场部主任,他们以为我情绪不高与官位有关。我承认我是在闹情绪,但我乐意接受捧桂花花篮的光荣。我就捧着一篮桂花站在大太阳底下,看着排成一行的来宾,手忙脚乱的新闻记者,还有一些探头探脑看热闹的市民。我没有想到在这种场合下篮子里的桂花会对我如此绝情,它们不依不饶地谴责我、抨击我。有的抓住曹建立的事不放,骂我是教唆犯、刽子手,有的桂花在这么喜气的场合居然喊出了救救曹建立的口号。我抖了抖花篮,警告篮子里的桂花不要胡来,破坏了好不容易组织好的庆典。可是没想到那些桂花越加愤怒了,它们开始用更猛烈的炮火对着我,骂我是小爬虫,骂我心理变态,骂我是马屁精、变色龙,骂我是市侩、官迷、利己主义者，骂就骂了，最近我反正让桂花骂惯了，它们还要从篮子里跳出来，你能想象到这些塔镇桂花的火爆脾气吗？在这个以桂花为主题的庆典上，它们竟然要跳起来抗议！你想想我怎么能让它们跳出篮子，我就尽力用两只手按住篮子里的桂花，不让它们跳，不让它们抗议。然后我就觉得手上被咬了，我被桂花咬了。我这么说你不会相信，但我的两只手掌确实被桂花咬得够呛。在这种情况下，我才慌忙把花篮交给旁边的礼仪小姐。塔镇的领导后来批判我闹情绪闹得不是时候，这种批判与事实不符，我拒绝接受，也不会解释，我知道那些人从来没有见识过会咬人的桂花。

大约是桂花连锁集团成立后的第二个星期，有个女人带着孩子来到了我们租用的招待所，橘红色西装和白色旅游鞋泄漏了女人的乡镇背景。接待小姐不理睬她，那个女人在一阵东张西望之后，突然变得非常焦灼。她大声地呼叫着我的乳名，狗剩，狗剩，你在哪里？我知道是塔镇来人了，走出去一看，就看见了潘丽霞，还有他们的儿子。潘丽霞是谁？曹建立的妻子，我的堂嫂。她不是什么大人物，但不知怎么的，看见她我就觉得像是有一块砖头劈脸向我飞来了。

如果丑陋的女人嫉妒另外一些女人的美貌，不要诅咒女人，去诅咒她丈夫吧，诅咒她丈夫贪污腐化，诈骗受贿，诅咒她丈夫锒铛入狱。如果那个女人深爱她的丈夫，她的美貌就会自动消失，她会变得憔悴不堪，尽管脸上平添几分人间沧桑，可这东西对于一个女人的风韵来说是无所裨益的。我在天城看见的堂嫂潘丽霞就属于这种情况。我叫了她一声嫂子，我以前在塔镇一直叫她嫂子，她不怎么爱搭理我，但这次不同了，她像一块砖头向我飞来，不是为了报复，是为了握我的手。她像一个妇联干部一样和我握手，但红肿的眼睛却在向我求援。我并不吃惊，她不向我求援向谁求援呢？可是我多年来习惯了她对我的冷眼，她对我如此信任让我很不习惯。我听见她让小男孩叫我六叔，这是你六叔，快叫人呀，你爸爸，六叔，还有你，你们是曹家一条根上的。孩子叫了，声音憋在嗓子眼里。潘丽霞就用手拧儿子的耳朵，她说，叫大声一点，是你六叔，六叔你都不认识啦？他是你爸爸的同事。我看不过去，我就讨厌别人对我忽冷忽热的态度，所以我对潘丽霞说，我知道你心情不好，可是别拿孩子撒气。让我这一说，潘丽霞眼睛立刻就红了。我看见她转过脸，吸了一下鼻子，对我说，他六叔，我不该叫你狗剩吧，刚才一着急我把你的大名给忘了。我知道她从来没记住过我的大名，但我不忍心去点破她，我就笑了笑，我说，你们原来都管我叫六骗子，现在还是叫我六骗子好了，我不在乎这些。潘丽霞摇着手，说，那不能，那是以前的事了。我说，现在我还是骗人，叫我六骗子，还算客气。潘丽霞眨巴着眼睛，也许在判断我是否出于真诚，她从我脸上看不出我的内心，干脆就垂下了眼帘，看着招待所的花岗岩地面。她用鞋子去蹭地面，蹭了几下，我听见她用一种古怪的语气说，你不骗了，现在曹建立是大骗子了。

我带着潘丽霞母子去从前的桂花办事处，不远的路，花了整整一个小时。从塔镇来到大城市，忙坏了男孩的眼睛。母亲就拉拽着他的手，她说，这有什么稀罕的，我们塔镇也有。潘丽霞说塔镇也有人行天桥，这明显不符合实际，但我知道像潘丽霞目前的状况，让她称赞天城是不现实的。我听见男孩冒失的顶撞，他说，天城比塔镇好，你自己说的，你自己说要把家搬到天城来的。我知道这孩子是用刀子戳他母亲的心了。潘丽霞先是笑了一下，然后她就哭了，她打了儿子一个巴掌，打在屁股上，打一下，儿子不哭，又狠狠地来一巴掌，男孩就哭了。然后潘丽霞对我说，他六叔，你别见怪，走快点，别让他再东看西看的，没什么可看的。

确实没什么可看的，让这八岁的男孩凭吊他父亲的滑铁卢吗？我赞成潘丽霞的主张，所以我后来拉着孩子的手在街道上疾走。但孩子像他父亲小时候一样诚实，他对我说，春节我爸爸答应带我来的，后来他又反悔，本来他答应带我去动物园的。我看见这孩子就想起了曹建立的童年，相仿的玻璃片一样透明的眼睛，相仿的对外界事物的热情。事隔多年，这目光仍然让我感到特殊的压力，我流汗了。我说，我带你去动物园。男孩脱口而出，骗我吧，我爸爸妈妈说你嘴里没一句实话，尽是谎话。我看了看跟在后面的潘丽霞，她装耳背，没听见。他们在孩子面前糟践我，这让我很意外，教育下一代也不是这么个教育法。我心里很恼火，可又不想流露，我就对孩子说，有时候我也不说谎，你们小孩子，我从来不骗你们。

法院曾经在我和曹建立共同租用的工房门口贴了封条，现在曹建立的诈骗案结案了，封条就被人揭下来了。屋子里灰尘蒙蒙，我去收拾我的东西。潘丽霞自然要去收拾曹建立留下的东西，她一进去就关上了门。我听见里面静悄悄的，半天没有声音，我敲门，孩子敲门，她都不答应，我有点担心她受不了刺激，做出什么可怕的事情，于是我一脚将门踹开了。我看见潘丽霞半跪半坐在曹建立的床脚边，她手里抓着什么东西，泪流满面。

　　我好不容易看清了她手里的东西，是一只银灰色的女人发夹。潘丽霞把它放在手里仔细端详着，好像是在研究它的款式和材料。她是个具有正常智商的女人，她猜到这是什么欧阳小姐留下的东西。我听见她在用塔镇方言骂人，狐狸精，狐狸精。骂得一点不错，我见过那个欧阳小姐，确实有点像狐狸，狡猾而妖艳。可是很快潘丽霞的表现就不正常了，她说，我不相信，打死我也不相信。我不由得追问了一声，你不相信什么？潘丽霞抹了把眼泪，说，我不相信曹建立会做出这种事，这里有鬼，曹建立是被冤枉的。我说，嫂子，你的心情我完全理解，可他的案子是铁证如山，诈骗两百万呀。潘丽霞说，诈骗，诈骗，什么诈骗，我就是不信这个，这里有鬼呀。我看她的表情和眼神就知道她的下文了，果然她就说了，曹建立人品怎么样，塔镇的领导都知道，塔镇老少乡亲都知道，他从小到大骗过谁了？啊？让他说个谎比登天还难，他骗谁？他是诈骗犯？就是全世界的人都成了诈骗犯，也轮不到他曹建立！打死我我也不相信这罪名。他六叔,你和曹建立从小一起长大,你就相信他是诈骗犯吗?我看潘丽霞冲动的激愤的样子,知道她心里想说什么。你这个六骗子怎么倒像个没事人似的?轮到你当一百次诈骗犯,也轮不到他一次呀,这是怎么回事?你好端端的,他却进了大牢。潘丽霞风尘仆仆的脸上现在出现了两抹病态的绯红色,她布满血丝的眼睛直视着我,这是要让我表态。我打不了马虎眼,干脆就说,是我不好,我把他带坏了,他走上这条路,我也有责任。潘丽霞对我承担责任的说法是愿意接受的,我从她默许的眼神里能看出来,但仅此而已是不够的,她还等着我表态。我就更坦白地忏悔了,他以前从不说谎,是我教他说谎的,我有责任,你就狠狠骂我吧。潘丽霞听我这么说着,反而又架不住了,她说,他六叔,你也别这么大包大揽的,他又不是三岁孩子,难道你教他杀人他还去杀人不成?我要查原因,不是针对你的,我就是觉得这里有鬼,恐怕你堂哥是遭人暗算了!我听她这么一说就觉得那块砖头又向我胸口飞来了,我觉得很紧张。那你说是让谁暗算了?是让那个坐台小姐暗算了?是让告他的厂家暗算了?一种空前的紧张感让我发出了突兀的笑声,我说,嫂子呀,你不会怀疑他是让我暗算了吧?潘丽霞眼睛一亮,但同时她不停地向我摆手,说,他六叔,你千万别说这种话,你们从小一起长大,还是兄弟,我就是怀疑天皇老子也怀疑不到你头上。潘丽霞站起来,她开始将屋子里的衣服、袜子、脸盆、衣架一股脑地往一只蛇皮袋里塞。收拾杂物的动作似乎帮助她恢复了冷静,我听见她的嗓子突然一下就嘶哑了。她说，天大的笑话，我送他来天城，自己在塔镇撑一个家，我以为吃苦有回报，指望他升官发财至少沾一样，没想到落了个这下场，她看了看在一边推旅行箱玩的孩子，早知道这样，去年春节我就让孩子跟他来天城了，我不为别的，就怕影响他工作呀。然后潘丽霞终于放下了她坚强的架子，她开始号啕大哭。先是站着哭，拍着曹建立的一件旧衬衣哭，后来站不动了，她就蹲下来，蹲下来慢慢地哭。我听她用含糊不清的声音向我倾诉曹建立在塔镇的种种事迹，包括他小时候跳下松树塘，救出一个溺水的傻子，包括他把邻居一个卖弄风骚的女人训得无地自容的事。这些事我都知道，我不用她说，可是她还是在说，一边哭一边说。她说，他一定是被冤枉的，他六叔，我们在天城两眼一抹黑，你要帮他，你一定要帮帮他。我的心让这女人哭乱了，我说，我会帮他，不用你关照我也会帮他，我在里面认识几个人，他们答应我照顾他，别的不说，抽个烟喝点酒，一点问题也没有。潘丽霞说，不是让他抽烟，不是让他喝酒，是给他翻案，把他弄出来。我看见我堂嫂的手突然伸过来，一把揪住了我的衣领，你在里面认识人，就走走路子，把他弄出来呀。我觉得一块砖头现在准确地砸在我的锁骨处了，现在轮到我彻底崩溃了，我的善心不知从哪儿冒了出来，我说，好，我把他弄出来。潘丽霞的脸上掠过一道狂喜的红光，她说，他六叔，我给你跪下。我说我当时崩溃了，一点也不夸张，我就让她那么跪着。潘丽霞又叫儿子，说，你六叔答应救你爸爸，赶紧过来，给你六叔跪下。我看见

桂花连锁集团　　81

孩子很不情愿地被他母亲强行压下了身子，孩子也给我跪下了，我就让孩子也跪着。我说，好，我把你爸爸弄出来。我在里面认识些人，我想办法把他弄出来。

这是我一生很罕见的体验，是别人逼着我撒谎，我就撒了谎。我在想潘丽霞那么聪明的女人，怎么听不出来我是在撒谎？她绝望，难道我就不绝望吗？我也绝望了，所以我无力把母子俩从地上拉起来。我就让他们跪着，是窗台上的一些被遗忘的桂花样品跳了起来，它们从窗台上跳到母子俩面前，起来，起来，不能下跪！可母子俩听不见桂花深情的劝解，桂花样品就涌过来，声色俱厉地推搡着我，骗子，骗子，无耻的骗子！

我不知道桂花想让我怎么做，我倒是想听听它们的建议。难道它们要让我对这个可怜的女人一口回绝吗？桂花不懂人情世故，我想就是一个天使处于我的境遇，他也得说这个谎。桂花问我，那你准备怎么救他出来？对不起，我无可奉告。我对外界拘泥于现实的言行厌烦透了。我不知道怎么营救曹建立。但我有权这么说，特殊情况当然是特殊处理，大家都是明白人，明白人通情达理，如果说我一生的谎话都是出于欺骗别人的恶意，这次却一定是善意的。请大家都替我想想，我有别的选择吗？

我急于告诉大家我亲眼目睹的一个奇迹，现在是时候了。是关于桂花起义的事情。有一天，我带着一个客户来到集团堆放桂花的临时仓库，恰好遭遇了桂花起义。你无论如何想象不到，那么顺从那么具有献身精神的桂花，会利用我们管理上的漏洞，利用包装的缺陷，采取如此过激的行动，它们竟然起义了！我到现场时起义已经成为了现实，所有库存的桂花，包括一等品，二等品，还有几箱散装的等外品，它们统统跳出了精美的包装袋和大箩筐，它们像金黄色的潮汐在仓库的地面上翻卷着，奔跑着，有的站到了磅秤上，有的跳到了窗台上。仓库里的桂花香浓烈得仿佛毒药，客户差点被熏得背过气去。他不知道仓库里发生了什么事情，只是咳嗽着向我指出，你们怎么管理的？包装袋全破啦。

我从小与桂花一齐长大，我知道不是什么包装袋的问题，是桂花起义了。这事情不仅一般人觉得不可思议，我也吃惊不浅。我知道桂花对桂花连锁集团有抵触情绪，它们对桂花业盲目的扩张有自己的看法，它们对乱采乱摘现象怨声载道，但我以为忍耐是桂花的天性，我没有想到它们会选择这样的时机策动起义。桂花连锁集团是个新生事物，连省里领导都支持，桂花这么做，到底是什么意思？

仓库保管员不知跑到哪里去下棋了，他是个棋迷。他在这里也不能阻止桂花的起义，我东张西望不是想让他来救驾。我听见了一阵轻微的却是抑扬顿挫的哨声，据我的观察，起义的桂花就是听从这哨声集结成眼前的队形的。旁边的客户瞪大眼睛说，你们的桂花怎么满地乱跑？我知道它们不是满地乱跑，它们很有秩序，它们在排队。我看见一等品桂花从金色包装袋里涌出来，汇聚到一个方向，二等品桂花从黄色包装袋里出来，流向相反的地方，秩序稍差的是那些从木箱里出来的等外品桂花，它们有的还刚刚从午睡中被惊醒，睡眼惺忪的，慌里慌张地冲过我的脚面，很明显它们不能理解神秘的哨声，它们不知道往哪儿站，有的干脆就站到了我的皮鞋上，站在我的客户的鞋子上。这一定是桂花史上可歌可泣的时刻，我知道是谁把我派遣到起义现场来的，当然不是桂花，是我的使命。我站在桂花起义的现场，非常清醒地认识到我肩上的责任，所以我一点也不慌张。我一直冷静地搜寻着那只神秘的哨子，哨声是那么熟悉，它让我想起童年时期在塔镇桂花林里的往事。孩子一吹哨子，最成熟的桂花就自行掉落在孩子们的篮子里了。我怀疑策动桂花起义的是这只哨子。我走到了仓库东北角的货堆边，抖出一袋桂花，又抖出一袋，然后我就看见一只哨子掉在地上了，是塔镇孩子挂在脖子里的那种铝哨。看它锈迹斑斑的样子，一定在桂花林里藏了好多年了。我捡起哨子的一瞬间就认出它来了，我对身边的客户说，这是我小时候用过的哨子。他很惊讶，说，怎么见得？我指给他看哨子肚下的一块红漆，这是我做的记号。我告诉他，我小时候老是用它吹桂花，哨子丢了，我也不知道丢在哪里，没想到它跑到这里来了！

对于我的客户来说，我所说的一切都是天方夜谭。你为什么编这种故事来哄我？什么叫吹桂花？桂花这么满地乱跑，你们怎么不想办法？客户在旁边喋喋不休地问问题，妨碍了我与桂花的交谈，我只能让他先离开仓库。我说，让我来处理这些桂花，我有办法让它们物归原主。客户一走，我就下意识地把哨子放到了嘴边,哨子没有发出声音,这让我想起我的哨子本来就缺了簧片。于是我将童年时做过无数遍的事情重温了一次,我将一撮桂花放进了哨孔里,就这么简单,我把这个神秘的哨子又吹响了。

如果你们当时恰好在仓库里,恰好又有慧眼辨别桂花的灵性,那有多妙,你们可以看见我是如何将三百公斤的桂花召集到一起训话的。当然是训话,我对桂花的这次起义充满了愤怒。按照我的哨令,一等品汇集到了最前排,二等品居中,等外品我就让它们站在最后面,坦率地说,我一贯是不爱与等外品多费口舌的。我问桂花,你们这是要到哪里去?一等品桂花站了出来,它们不畏权势,大声说,离开天城,我们回塔镇!二等品也附和,说,回塔镇,我们要离开天城!我知道它们对天城的不满缘于此地百姓对桂花的冷落,也缘于连锁集团为它们定价偏低,当然一定还有其他各种因素。我现在不能与桂花探讨它们应有的地位,我问它们,回塔镇干什么?这问题是有圈套的。一等品桂花没有立即回答,是那些没脑子的等外品桂花在嚷嚷,回到树上去,回到树上去!我就是不能容忍这种愚蠢的想法,我说,摘下来的桂花能回到树上去?你们倒是聪明。我问你们,我也不愿意活在世上,天天卖桂花,卖得不好,人也埋怨,花也埋怨,那我能不能回到我娘肚子里去?等外品桂花让我抢白一通,再也不敢胡说八道。二等品桂花却犟嘴,说的是些拾人牙慧的话,说什么我们要自强,我们要掌握自己的命运,我们是桂花,可你们把我们当菜花卖,我们不受这份气！我知道说来说去说要说到桂花的市场行情，许多涉及到经济领域的事情，我自己都一知半解，现在可好了，我必须为它们认清桂花业的形势而冒充经济学家。我说，你们是桂花，说到自强，说到命运，一切都要跟市场挂钩，你们知道桂花业现在面临危机吗？不要以为自己是什么国营桂花，就躺在荣誉簿上吃老本，知道现在的私营薄荷业多厉害吗，知道现在的合资玫瑰业多厉害吗，它们才是市场的宠儿。你们还瞧不起人家油菜花，油菜花业现在兴旺得很，枸杞业也比你们吃香，为什么？就是市场需求，人家要吃它！你们桂花现在该有一些危机感了，不要以为自己价值千金，闹不好你们就是个不良资产，也不要以为我们连锁集团靠你们发了多少财，集团账面上资不抵债啦，怎么办？让啤酒花股份来兼并我们，让油菜花集团来收购我们。闹不好跨国公司也来占便宜，把你们买去，做成复合肥料，种洋鬼子的黄瓜，种西红柿，你们愿意吗？有一撮一等品这时跟我顶嘴，说，既然市场对桂花没有需求，为什么把我们从树上摘下来？我愣了一下，但很快我找到了观点。我说，这问题提得好，可是你们明白什么叫竞争吗？把你们从塔镇的桂花林里摘下来，把你们百里迢迢地运过来，就是让你们来竞争。塔镇桂花，天下最香，看世上的什么花香得过我们塔镇桂花！桂花的队伍突然沉寂下来，我知道我与桂花的交谈起了作用，要趁热打铁，我就对一些桂花日益平淡的香气提出了严厉的批评。我说，现在有些桂花牢骚满腹，该散十分香，它只散六分，这样下去怎么行，这种精神面貌怎么去到市场上与别的花竞争？我没想到这番鼓动引起了等外品桂花的情绪波动，几丛等外品突然大声说，这不怪我们，是花农滥施化肥呀，我们来出售已经很努力啦。有的等外品多少是虚荣心作怪，它们说，不怪我们，我们也不愿做等外品，谁让你们不好好包装我们呢？有的二等品质量还不如我们。我注意到等外品的表现引起了二等品队伍普遍的不满，二等品纷纷指责等外品素质差，自身不努力，还要吃大锅饭。我还注意到仓库里突然散发出空前的桂花香味，这是三种品级的桂花一齐努力的结果。起义的桂花发生了内讧，我半喜半忧，喜的是一次史无前例的桂花暴动被我瓦解了，忧虑的却是桂花们突然热烈起来的争论，都是关于自身前途的争论，毫不顾及桂花连锁集团的利益。听听，一等品桂花中有些花突然提出要走出国门，建议塔镇桂花去参加日内瓦的博览会，去参加布鲁塞尔的博览会，再不济也要尽量参加里约热内卢的国际花卉展览会，让全世界的人们都闻一闻塔镇的桂花香。有的一等品桂花受到启发，一方面谦虚地认识到自己花型和香气都有值得改善发展的地方，另一方面它们提出的要求却让我不知所措，它们说要去一些花卉业的先进国家留学，去伦敦，去米兰或者阿姆斯特丹，至少也要去日本的京都与外国花卉交流一下。一等品桂花的这个建议引起了更多的争议。首先是二等品桂花态度暧昧，它们说，一等品当然能去留学，它们懂外语，它们大多能说荷兰郁金香语，能说日本樱花语，有的懂三国外语，还能说墨西哥的仙人掌语呢，我们怎么办？我们在树上生活得太紧张，文化水平有限，我们出去干什么？等外品桂花半开玩笑半认真地说，依我们看，好高骛远也没用，我们不如去北京，北京是首都，塔镇桂花在首都出了名，全国的市场不都打开了？二等品桂花最喜欢和等外品唱反调，它们说，现在是商品经济，政策文件帮不了你的忙，如果要出去，不如到珠江三角洲去，干脆就去第一线，迎接市场的挑战！一等品桂花是有哲学头脑的，就是它们后来陷入了沉思，对于前途的忧虑使一等品面色凝重。一簇最优良的一等桂花突然跳到了我的肩上，我们向何处去？那簇桂花最后代表它们桂花族群，发出与人类相仿的天问，我们向何处去？我们桂花向何处去？

这是桂花起义的结局，我听见起义的桂花最后齐声叫喊，我们向何处去？你让我怎么回答这样的问题？这真是天晓得，我怎么知道你们桂花向何处去？我不过是个卖桂花的人，按照我的理解桂花的归宿不是混在香精里慢慢被挥发，就是通过甜食的引见最后进入人的排泄系统，可你们也领教过桂花的自尊心了，让我怎么说它们才好？我没有办法，我不过是个卖桂花的人，只能劝它们好好呆在仓库里。有的桂花不懂察言观色，还催着我出主意呢。我就顺手把它抓起来塞进哨孔里，我吹响了哨子，伴随着哨声的节奏，我的命令可以说是声色俱厉：

哪儿也别去，回到你们的包装袋里，三点钟有客户来提货！

我记得桂花起义的那天，经我的手卖出了连锁集团历史上成交量最大的桂花，计有一百公斤，这也许是个巧合。但我习惯性地把手伸到包装袋里与桂花告别时,你猜我摸到了什么?我摸到了无数湿漉漉的桂花,都是桂花的泪水。事到如今,我与桂花的关系已经昭然若揭,桂花的仁慈以及它们对我的宽容也是有限度的,我听见桂花气急败坏地喊起了我以前的绰号,六骗子,六骗子,你是我们的敌人!

我为塔镇推销桂花。

多少年来,我的舌头总是处于疲劳过度的状态,如果我的领导有良心,他们应该让我的舌头好好休息一下,可他们不在乎我的舌头。我在外面介绍塔镇的桂花,从塔镇的历史说到塔镇的土壤、气温、湿度,反正我让人们相信塔镇桂花之所以成为天下第一香,是有它的必然性的,我最害怕的是在我的漫长的游说过后听到对方说,你到别的地方去试试,我们不需要桂花。我在外面说得多累对自己也算有个交代,开拓市场牺牲点唾沫也不算什么,但连锁集团领导每天要听取我的工作汇报,这让我很烦恼。他们西装革履地坐在办公桌前,对我说,今天怎么样,说说。他们还是要让我说,说个屁!我没办法,我不是那种喜欢渲染困难的人,相比之下我情愿夸大我的工作实绩,所以我就从公文包里拿出我事先准备好的合同,说,我不喜欢说,说有什么用——合同签好了,你们自己看吧。

现在我无意中透露了我在连锁集团里为什么成为销售冠军的内幕,我知道一些聪明人也想过以假合同骗钱的绝招,但我声明我没有从连锁集团骗取过一分钱的销售奖金。如果一定要追究我的动机,我只是骗取了一点荣誉,连锁集团在职工大会上授予我销售冠军的称号，还有一只塑料的仿金奖杯，奖杯我一直放在我的办公桌上，你们有兴趣可以来看，那是我一生中唯一的奖杯，虽然看上去不如为国争光的乒乓球运动员羽毛球运动员的什么斯韦思林杯尤伯杯那么威风，毕竟也是荣誉的象征，所以我平时总是把奖杯擦得金光闪闪的。

我为桂花连锁集团推销桂花，光是让我推销桂花我也不觉得烦恼，反正我很早就确认我的命运与桂花是联系在一起的，桂花的命运就是我的命运，我的命运就是桂花的命运，可是总有一些与桂花业无关的事情来打岔，让我分心，尤其是塔镇的一些乡亲。他们听说我在天城锻炼得很好，被好多领导所器重，就以为我可以为他们做些事了。有的乡亲受到现代观念的冲击，认为受教育比种桂花更重要，他们要求我把他们的子女开后门开到天城的大学里去，而且指明要让子女就读经济管理专业、法律专业、计算机专业。有的女孩脑袋不是很灵活，其父母就自作聪明地要让她学习金融专业，以为金融专业就是学习数钱的。有的乡亲卖桂花赚了点钱，居然就要到大城市来发展，问我能不能帮他们在天城弄个网点门市什么的。我的一个姑妈对我的要求最高，她不幸得了癌症，坐长途汽车直接来到天城找我，一到我这儿姑妈就让陪同的子女都回家去。她说，你们都回去，我这老命就交给六骗子了，他都能跟省里领导说上话了，找个好医生还不容易？姑妈一边咳嗽一边回忆起我童年时她对我的恩泽，她说，六骗子呀，你小时候到处招摇撞骗，到处惹事，王二家兄弟几个差点把你扔到松树塘里，是我把你抢下来的呀！来自塔镇的父老乡亲对我知根知底，他们总是很轻易地唤起我的负罪感，使我软弱，使我妥协，我也没办法，我只好答应他们的种种要求，你让我怎么办？我只能让他们放宽心，告诉他们我在名牌大学里认识几个校长，工商局里也认识几个关键人物，医院认识的人不多，但是那个著名的天城第一刀外科医生沈大夫恰好是认识的——有人一定在谴责我了，说人命关天的事情你也敢撒谎！那我反问你，我不撒谎怎么办？不撒谎意味着撒手不管推脱责任六亲不认，难道我就不能给他们一点希望吗？难道我就不能拖延一些时间让大家都来反思一下，为什么突然之间我六骗子成了塔镇的英雄？我的问题迟早要向大家交代清楚，可我就是没有这个时间，也没有这个机会，我忙得要把两条腿都举起来了，我忙得要让肚脐眼替我接电话了，你们站在我的立场上替我想想，我有别的选择吗？

人们喜欢把冤家路窄这句话挂在嘴上，我想起从前在塔镇我是把堂兄曹建立当成我的冤家的，只要我撒谎他就会从我背后冲出来，无情地揭穿我的谎话。即使我去骗一只蚊子，告诉它它的母亲是一只苍蝇，曹建立也不会容忍。他会去茅房抓一只苍蝇放在蚊子面前，用事实证明蚊子与苍蝇不是同类，蚊子的母亲绝不是苍蝇。人们又喜欢说三十年河东，三十年河西。我对这句话抱有天生的好感，我曾经以为那是我和曹建立命运的写照。但是我后来就发现了，我与曹建立首先是冤家路窄的关系，其次才能谈及什么河东河西的变化，我的备受非难的童年时代虽然过去了，曹建立虽然蜕化变质进了监狱了，但是他的妻子前仆后继，潘丽霞这年秋天二赴天城，儿子也不管了，乡办厂会计也不当了。你问她来这个伤心之地干什么？干什么？不干别的，就是来跟我斗争到底。

我不知道潘丽霞跟踪我跟了好几天了。如果不是在天桥上与她擦肩而过，我还蒙在鼓里呢。换了谁都会措手不及的，我又不是间谍，也没犯下什么杀人越货的罪行，谁会去注意身后是否有人在跟踪？经过天桥时我闻到一种来自塔镇的气味，就是那种陈年桂花的暗淡的香味，说明天桥附近有我的塔镇乡亲。我还在想呢，是谁来了，怎么不来找我为他们服务？我在天桥上东张西望着，猛地就看见一个穿橘红色西服、黑色健美裤和白色旅游鞋的女人，她好像是在天桥上守候我的，虽然一条大围巾包住了她的大半个脸，但我还是认出了她，是潘丽霞，瞪着一双冤家的眼睛，极其诡秘而阴暗地跟着我。我这才吓出了一身汗，我是忙昏头了，这股陈年桂花的香味已经尾随我整整一天了，这个女人已经尾随我整整一天了，我还不知道，我还忙着去食品厂谈生意呢。

谁都知道潘丽霞的出现对我是凶多吉少，我下意识地向天桥下奔逃。我在逃跑的过程中，想起了一年前对潘丽霞的承诺。她的令人恐怖的行为一定与我的承诺有关，这个女人精明一世糊涂一时呀，难道她不知道我的承诺是谎话吗？我看见潘丽霞像一个训练有素的女特工，她跳过栏杆追着我跑，干什么？要我实现我对她的承诺吗？那是不可能的，我在司法系统谁也不认识，即使认识也不能把一个诈骗犯救出来，我们是法治国家，又不是后门国家。如今是世纪末了，人人都比世纪初世纪中聪明了许多，独独这个女人越来越糊涂。这种局面让我很尴尬，一个大男人让一个女人赶鸭子似的赶，成何体统。我就向百货商店跑，从大门进去从侧门出来。潘丽霞果然上了我的当，那股陈年的桂花香渐渐就闻不到了。我整理好我的领带，重新以桂花连锁集团员工应有的仪态走在去往食品厂的路上。我不是自我标榜，在路上我也展开自我批评了，在对待曹建立的态度上，我确实不够积极，我答应潘丽霞每个月去探望他一次，结果工作一忙就把这事忘了，曹建立进去那么长时间，我一次都没有去探望过。我工作忙大家能够理解，我不该告诉塔镇老乡，说我每星期去看望曹建立，给他送烟送酒的，更不该在外面扬言，说我已经疏通关系让曹建立减了五年刑期。

那天我有心事，到了食品厂与老黄小姐和小黄小姐谈桂花业务，曹建立夫妇的面孔联合起来一起在我面前晃个不停。曹建立指着我对两位小姐说，别听他的，这人满嘴谎话，小心上当！潘丽霞上气不接下气地追着我，对两位小姐叫喊着，抓住他，那是一个大骗子呀！我在食品厂的办公室里坐立不安，说话也有点混乱，公关艺术大失水准。可老黄小姐的表现比我更反常，那天她一直在修剪她的指甲，偶尔抬头看我一眼，露出一种讳莫如深的微笑，说，你这个人，不可信。我敏感地意识到她是听到了什么风言风语了，我说我这个人不可信，我们的桂花是可信的嘛，我卖桂花，你买桂花，买的又不是我这个人。老黄小姐竟然打断我说，你们的桂花也不可信！这一下把我弄傻眼了，我说，这是什么话，我们塔镇桂花不可信，天下第一香不可信？什么东西才可信？老黄小姐撇了撇嘴说，什么东西都不可信！小黄小姐相比之下要善良一些，是她向我透露了一个天大的坏消息。她说，我们产品转向了，明年不用你们的桂花了。转向这词我懂，什么新名词我都懂。我就说，转向转向，再怎么转也转不了桂花的向，食品厂不用桂花用什么？小黄小姐说，我们明年不生产点心甜食了，现在人都怕发胖，甜食点心不好销，我们明年就生产速冻饺子速冻馄饨，还有速冻包子，桂花年糕桂花元宵什么的，吃了会发胖的。我当时是让这坏消息气晕了头，我就对着小黄小姐吼了一声，拉不出屎怪茅坑，你们发胖怪到我们桂花头上来？岂有此理！小黄小姐被我吓了一跳，老黄小姐却被我激怒了。她差点就将指甲刀扔到我的脸上，你们塔镇人就是夜郎自大，你们以为塔镇桂花了不起，什么天下第一香？狗屁，谁稀罕桂花香呀，都什么年代了，谁还稀罕你们的桂花香，也不去市面上看看，现在流行原汁原味，连喝水都喝纯净水，谁还往食物里乱洒桂花？我正想反驳几句呢，老黄小姐就说出了那句天理难容的话。她说，小曹我告诉你，现在的时尚你们塔镇人永远跟不上，我告诉你，现在香味不值钱，没味的东西比有香味的值钱，你别跟我瞪眼睛，我不是说胡话，哪天时代又发展了，没准臭味也比你们的桂花香受欢迎！

我是让两个城市女人气糊涂了，什么是世界末日？我想这应该是了，一个自以为是的大城市女人不仅侮辱了塔镇的桂花，还侮辱了世界上所有的花香。你让我怎么还击老黄小姐，我后来就对她提了一个建议，既然你认为臭味也比桂花香好闻，那你天天就吃那个——那个什么，我没说出口，没说也把两位小姐得罪了。两个女人，四条柳眉都倒竖着，她们翻脸不认人，一齐向我扑来，四只手，又抓又拧地把我推出了办公室。我还听见那个老黄小姐在后面厉声威胁我，曹某人，你的底细我清楚，你还跑到我们这里来撒野，趁早滚回你们塔镇去吧！

我没见过这种毫无自知之明的女人，她口口声声了解我的底细，难道我不了解她的底细吗？她的脖子上还戴着我和曹建立当初送给她的金项链呢！那个小黄小姐看上去老实，我们的好处也没少捞，她穿的羊绒毛衣也是我们塔镇人的血汗。说什么底细不底细的，谁还没个底细？我不怕她掌握我的底细，但受到如此待遇却使我晕头转向，想想我们——包括曹建立和这两个女人一起吃过多少海鲜唱过多少卡拉OK，吃人的嘴软拿人的手短，她们怎么翻脸就不认人了？要不就是像老黄小姐曾经暗示的那样，嫌吃得少拿得少了？她们就不体谅一下我们桂花集团的难处，我们处于起步阶段，拿不出那么多好处嘛。我的心情坏透了，沿途诅咒食品厂的食品明天统统发霉。走过糕点车间时，我看见一袋桂花孤独地站在窗台上，桂花并不知道明年的事，它们还在默默等待，等着伺候车间里那些傲慢的糕点，我实在看不下去，悄悄地上前提走了那袋桂花，它们还在袋子里反抗呢，我就火了。我说，人家不稀罕你们，人家说桂花香还不如狗屎香，你们还留在这里干什么？

我在食品厂里仔细地鉴别了这里特有的香甜的空气，我的鼻子很灵，这家老字号的食品厂看来是转向了，空气仍然是香甜宜人，但它是从牛奶、咖啡、可可、草莓甚至进口乳酪上散发的，独独没有了我熟悉的桂花香。这家自私的冷酷的势利的赶时髦的混账食品厂，就这样抛弃了塔镇的桂花，连一声对不起都不肯说！

你们可以想象我走出食品厂时的心情。我为塔镇出售桂花，桂花却受到了日甚一日的冷落，桂花需要安慰，我当然也需要安慰，可是满街的行人谁也不向我看一眼，也不想知道我手里的袋子装的是什么东西，为什么那么香。我突然意识到这世界厌倦了桂花，厌倦了桂花也就厌倦了出售桂花的人，这使我感到深深的绝望。我走到去年落成的市民广场那里，看见我们桂花连锁集团的横幅广告还挂在一座三十层的写字楼上。一年的风吹雨淋，红色横幅已经色彩斑驳，桂花的桂字少了一个木字旁，使集团的性质产生了歧义，但横幅的意志就像塔镇人的意志一样坚强，它坚守着阵地。我后来就坐在广场的花坛前，久久地凝望着我们集团的横幅。我看见我们的横幅挤在冰箱、牛仔裤、胃药、营养液、自行车、洗发水的广告中间，仍然镇定自若。我想起冰箱和牛仔裤仍然那么热销，不知要热销到哪一年，我想起那么多中老年人为了健康长寿拼命购买各种营养品,我想起那么多的青年人让刘德华的几句话弄得鬼迷心窍,花那么多钱买了洗发水抹在头发上,偏偏就没有人购买我们塔镇的桂花!嫉妒和失落像魔鬼的两只手,轮流拍打着我的心,我的眼睛湿润了。这时候如果有人来安慰我几句,说些什么坚持下去就是胜利之类的话,我是愿意听的。人在最脆弱的时候需要安慰,哪怕是虚伪的安慰。但安慰我的人没有来,来的是我的冤家,是曹建立的妻子潘丽霞。她像个复仇的幽灵一样追踪着我,一直追到市民广场来啦。

　　这次我没有再跑,我知道我跑到天边她也会跟在我身后。这女人会计出身,我现在就是她的账簿,账没算完她不会放过我。我看见她坐在我身边,手里抓着一把雨伞。很明显她对我的追踪计划是长远而周密的,甚至包括下雨天。我听见她呼呼地喘气,她的嘴一张,一句什么难听话就要骂出来了。我就先叫了她一声嫂子,我说,你什么时候到天城来的,怎么不通知我一声?潘丽霞说,骗子,你这个不知羞耻的骗子,我不想跟你说话。我说,建立他在里面怎么样,还不错吧,我这一年忙坏了,几次想去看望他,就是看不成,有次都到了监狱门口了,集团一个拷机拷过来了,没办法,只好去开会。潘丽霞一直怒视着我,她的嘴角左右牵拉着,好像随时准备咬我一口。她说,大骗子,狼心狗肺的骗子,我不跟你说话,我跟你说话不如跟一条狗说话!我知道人身攻击是免不了的,但我有点害怕她用雨伞来捅我,所以我一直瞄着雨伞的动向跟她说话。我说,你生我的气我不怪你,答应的事情没办成,换谁都生气,可是嫂子你不知道天城不比塔镇，办一件事情不容易呀。潘丽霞的雨伞伞尖这时突然在地上猛烈地跳动起来，她的身体也随之颤抖起来，骗子，都什么时候了，你还在骗人呀！潘丽霞突然哭起来了，她说，建立是你堂兄，我还是你堂嫂，你这样骗我们就不怕天打雷劈呀，你以为我相信你的谎话，你从小到大没说过一句真话，相信你还不如相信一条狗！潘丽霞这么说话我就恼了，我就说，那谁让你相信我的？你当时怎么不去听听狗是怎么说的，狗也不会管你家曹建立的事！潘丽霞让我这么一说有点愣怔，她背过身子开始抹眼泪，抹了一会眼泪，鼻涕又出来了，大擤鼻涕，啪的一声擤在广场的花岗岩地面上，这种时候她的这种塔镇作风应该是可以谅解的。可我也在气头上，一冲动就嚷起来了，文明一点，你是在天城，不是在塔镇！我这一嚷就把潘丽霞眼睛里的冷光嚷出来了，她就那么冷冷地看着我，一只手将雨伞攥得咯吱咯吱地响，六骗子，我今天给你透个底，我这回来，是冲着你来的！潘丽霞就那么咬着牙，向我透露她的阴险的计划。她说，我不信邪，曹建立的事情我想了一年了，一年也没想通，越想越糊涂！到底该谁坐牢？啊？说给塔镇老少听去，都说该进去的没进去，不该进去的倒进去了，也不挽救一下，也不让人改过自新。曹建立进了大牢，你倒是塔镇的大红人了，这不是闹鬼是什么？啊？领导糊涂让领导糊涂去，我就不信这个邪，偏要把鬼抓出来。我知道潘丽霞所称的鬼就是我，她要抓的就是我这个鬼。我故作镇静说，抓鬼还要黄裱纸呢，你上哪儿买去？潘丽霞这时已经容不得我的意见了,她大喝一声,六骗子你听着,我不把你弄进牢里去,我就不是潘丽霞!

我目送潘丽霞的背影消失在广场的人流中,我感到胸闷,不是出于做贼心虚的恐惧,是一种令人恐惧的发现击垮了我。我突然意识到我的命运不如桂花的命运,桂花现在被莫名其妙的时尚冲击得很可怜,但它们毕竟是花,迟早会盼来复兴的那一天。而我就不配与桂花相提并论,桂花目前滞销,那是国际市场没有打开,说不定桂花的朋友遍天下,只是人和花相交恨晚,可我呢,我的朋友在哪里?我的敌人遍天下呀!我的敌人像猎人追逐野兔一样追着我,别说我从塔镇跑到了天城,我就是再从天城跑到月亮上去,也有曹建立潘丽霞这样的冤家一把揪住我,骗子骗子,看你骗到什么时候!我为塔镇卖多少桂花都不能改变我的命运,潘丽霞的话一定代表了几亿人的心声,把你弄到牢里去,把你弄到牢里去!我坐在广场上时,依稀听见了那种群众的呼声,所有经过我身边的行人,也不管是好人还是坏人,他们都在附和潘丽霞,把你弄到牢里去,把你弄到牢里去。

我抱着一袋桂花坐在广场上,桂花早已与我离心离德,我是知道的,但我还是忍不住地问它们,如果我被捕,你们怎么办?桂花保持沉默,我知道桂花不堪忍受我的语言了,但我也不堪忍受桂花对我的鄙夷啦,我发狂地摇晃着手中的那袋桂花干,后来就发生了那件令人惊恐的怪事——我手里的一袋桂花像广场上的第二口喷泉一样,向着天空喷出了无数金黄色的桂花，这口愤怒的桂花喷泉在人们的头顶上飞溅着，有的落在人们的头发上，有的咬着牙，就像世界上最瘦小的飞机一样，向更高处飞翔。我听见广场上出现的骚动，有个年幼的孩子也许从来没见过桂花，他好奇地抱着脑袋向我这儿冲过来，金虫子，金虫子，哪儿出来那么多金虫子呀？我听见了孩子的声音，可我也是第一次看见桂花喷泉呀，我在塔镇那么多年，从来没见过向天空飞溅的桂花，你们可以想象我的惊恐。我对孩子说，那不是虫子，是桂花，是我们塔镇的桂花呀。说完我就哭了，我抱着桂花袋子，可是袋子已经空了，我看着最后一簇桂花拖着一种尖锐的嗯哨声飞到了高空中，很快就不见了。

我最早知道塔镇桂花出事了。

桂花连锁集团也出事了，这里确实存在着连锁反应，否则怎么叫个连锁集团呢？这年冬天集团的售后服务处接到了一千多个投诉电话，都是我们幸存的客户打来的。其中有一些是在街上支锅做糖炒栗子的小贩，他们愤怒地指出塔镇桂花已经不是什么天下第一香，而是天下最不香的桂花了。他们说你们的桂花一点香味也没有，不仅没有香味，有的桂花还散发出某种难以形容的气味，售后服务处的小姐追问，是什么样的气味。电话那头的客户就毫不客气地说了，你们的桂花有一股公共厕所里的臭味！

集团的领导对市场反馈的信息一向很重视，但是很明显这么离奇的信息让他们很吃惊。他们都到仓库去检查刚刚运来的塔镇桂花，一个个吸紧鼻子闻，每个人的脸上最后都挂着一个惊恐的问号，是不香了，是有一点怪味，这是怎么回事，运输部的负责人呢？你们是怎么运桂花的？你们是不是把桂花放在尿素车上运来的？

运输部的主任快急疯了，他的申辩不能让集团领导信服，更不能让那些压仓的桂花散发出应有的香味来。我看着他的嘴角上积起了一堆唾沫，问题还说不清楚，我就笑了，不怪你，不是你的责任，是桂花的灵魂逃跑了。那个主任一点也不理解我的话，他跺着脚说，当然不是我的责任，是原产地的问题，是质量问题呀！我听见桂花仓库里一片混乱，有的领导决定连夜去塔镇的桂花林弄清问题的真相。我劝他们别去，我说，去了也没用，桂花林的桂花还是香的，是桂花不让我们摘了，你摘它没办法，桂花的灵魂跑了，当然就不香了。领导们都是坚实的唯物主义论者，他们对我的话不仅听不进去，而且还很反感。总经理严厉地警告我说，你们塔镇来的同志，不要自以为是内行，不要拿迷信的东西来掩盖问题，桂花桂花，怎么会不香？不香的桂花肯定就不是桂花！

没人相信我，这很正常，我偶尔说些真话，别人听着更像谎话。幸好我有哨子，我掏出哨子。领导都吃惊地看着我，说，你干什么？我说，吹哨子集合桂花，问问它们，为什么不香了。总经理说，都什么时候了，你还有心思开玩笑？我说不是开玩笑，这是桂花哨，桂花听它的话。总经理像注视魔鬼一样注视着我，突然伸手抢过我的哨子，恶狠狠地扔到了窗外，你这位同志就是滑头，遇到困难就想歪门邪道，我们这是新型社会主义企业，不是封建土围子，不准搞这一套！我想去捡哨子，总经理一把揪住我，往哪儿跑，谁也别跑，现在需要团队精神，上层中层拧成一股绳，问题不解决，谁也别回家！常务副总经理解决不了问题就拿我出气，派你去问桂花好不好，你本事大，你会与桂花对话，你还会与桂花谈判呢。这些人就是这么教条主义、官僚主义，他们认为人与花是无法交流的。从塔镇来的第三副总经理明明知道桂花哨是不平常的哨子，可他说话总是阴阳怪气的腔，集合桂花你跟桂花去谈判？他鄙夷地扫了我一眼，说，你这位同志我是了解的，从小好大喜功，你以为桂花是你的部下吗，你让它香它就香了？也是有文化有知识的人，怎么一点也不尊重科学。

我虽然习惯了领导的批评，但过多的批评还是让我闭上了嘴巴。我怀才不遇地跟着领导在集团的各个机构奔跑。塔镇的质量监督最后打来了电话，说桂花林的桂花全都摘光了，但他肯定这批桂花包装之前是香的。总经理在电话里追问，有没有证据？质量监督犹豫了一会儿，说，有证据，他手里抓着落地的桂花，是香的，这足以证明塔镇桂花仍然是香的，所有的问题还是出在我们集团内部。我说这不就对了，是桂花来到集团以后出的事，桂花的灵魂跑了，桂花不让我们卖呀！我说完就想溜出去捡我的桂花哨，可总经理几乎像对待犯人一样把我推在墙边。领导们忍无可忍，对我大发雷霆，他们几张嘴一齐向我开火，总经理说，小曹你住嘴，一直以为你是个人才，我前几天还表扬你对桂花业做出了大贡献呢，我还准备提拨你当副总呢，没想到这个节骨眼上你是这种熊样，不敢迎接挑战，还在那里阴阳怪气地扰乱军心！常务副总经理平时对我就有成见，这次就找到了机会。他说，我早就看出来了，你是心怀鬼胎，你怀念以前的办事处，你和曹建立两个人一手遮天，我说你你别不承认，你一直想坐我的位子，想夺我的权就冲我来呀，别拿桂花说事，你的灵魂跑了就跑了，别推到桂花身上去！第二副总经理是个女的，平时还经常招呼我去吃她的橘子糖果什么的，这会儿她也气愤了，而且她用妇人的小心眼来揣摩我的心。她说，小曹你太过分了，你们市场部的工作是难，谁都知道，桂花滞销也有个大气候的不利因素，我们领导也是清楚的，没有谁批评你们呀，你怎么能用这种鬼话来推卸责任呢？你这人，说谎也别说这么幼稚的谎话嘛。第三副总经理刚刚从塔镇调来，是我在塔镇中学的同学，我一直怀疑他有一天会当着连锁集团同事的面揭穿我的老底，他忍了好多天，我以为他要给我重新做人的机会，可这会儿他终于跳出来了。他冷笑一声，说，这个人我最清楚，从小到大，一直在编谎话，还以为他痛改前非了呢，没想到当了集团的中层干部，还在编谎话！

　　不怪我没出息，那天我迷失了方向。我手足无措。如果我是在欺骗，四个领导批评我我是活该，他们即使要把我逮捕法办我也认了，可是我只是告诉他们关于桂花的秘密，他们就这样无情地对待我，我的委屈的眼泪就这样溢满了眼眶。我的眼泪落在一盒桂花的包装盒上,我听见里面的桂花悄悄翻了个身。它们用后背对着我,那意思是少给我装蒜,桂花不同情你,你流多少眼泪还是我们的敌人。我不需要同情,只是想听听谁的意见,事到如今你们让我怎么办?你们让我干什么?你们让我说什么?我把求援的目光投射在四位领导身上,他们一定是发现了我眼睛里的泪光,面面相觑的。很显然他们善于处理我的工作中暴露的问题,却不善于处理我的眼泪。女经理毕竟是女性,她轻轻叹了口气,说,大家压力都很重,只能承受,竞争都这样残酷。男性的心肠要硬得多,一个副总朝天扮了个鬼脸,意思是压力再重也不能像他那样,精神分裂!另一个则干脆把话说出来了,卖桂花卖出个精神病来了,滑稽!我失去了反驳的能力,那一定是我一生蒙羞的高峰,他们羞辱我的时候我还用泪眼看着他们,指望他们告诉我前进的方向。总经理这时意识到他其实不需要我,你还站在这里干什么?你在这里没有屁用,只会动摇军心。去呀,去找你的客户,不管桂花香不香,产品积压都是你们市场部的事。总经理说着说着灵机一动,他说,桂花不香,食品行业不能用,那你去找找生物工程方面的客户,不是说桂花里面有个桂花酶吗,桂花酶没准是个尖端科技产品呢。我预感到总经理会想起这根救命稻草的,我也想到了,可我这会儿不敢再说谎了,我再说谎就不是人了,所以我如实相告,生物工程研究所我也去过了,他们说桂花酶没有研究价值,他们也不要我们的桂花。然后我就看见年过半百的总经理像个愤怒的炮仗一样跳起来了,这儿也不要那儿也不要，你就准备这么放弃市场了？你不知道怎么办了？好，我来告诉你，去找辆平板车，装上你的桂花，沿街叫卖去！

我清楚地记得我在桂花连锁集团得到的最后一道行政命令，去找辆平板车，装上你的桂花，沿街叫卖去！然后我就知道我的末日来临了，桂花的末日也来临了，塔镇的父老乡亲后来都指责我，说我做了辱没塔镇祖宗的事，做了辱没塔镇桂花声誉的事。骂得都对，可你们替我想想吧，当我和塔镇桂花一起被别人当成狗屎时，你让我怎么去讨回狗屎的尊严？

是一九九九年十二月的一天，我推着辆平板车走在天城的大街小巷中，车上装着这年秋天新鲜的塔镇桂花。我沿途吆喝着，卖桂花卖桂花卖新鲜的塔镇桂花出口转内销的塔镇桂花价廉物美香气扑鼻不香不要钱啦。我的叫卖路线主要是在城南，那是天城最传统最古老的居民区，虽然交通拥挤路面高低不平，但我认定那里有保守的老人、怀旧的中年人和好奇的孩子，应该有塔镇桂花的知音。我用心良苦，在一条即将拆迁的曲里拐弯的巷子口终于碰到了几个知音，是几个看不出真实年龄的老妇人。她们大概刚刚表演完秧歌舞回来，每个人的脸上的浓妆还没有卸去，有的腰间还扎着红色的绸带，有的手里拿着粉色的羽毛扇。看见我的桂花车，一个老妇人先叫起来，是塔镇桂花，号称天下第一香呀，怎么拉到街上来卖了？我的鼻子一酸，如果不是那群老妇人围上来，我差点又控制不了自己的感情。我就用熟练的吆喝来掩盖我的悲伤，新鲜的塔镇桂花出口转内销的塔镇桂花价廉物美不香不要钱啦。我看见她们的手在桂花堆里搅拌着,好像是在和面。一个老妇人吸紧鼻子闻着,表情有点茫然,香还是很香,可是香味不太像塔镇桂花呀。我说,塔镇桂花的香味也改进发展了,现在什么都在发展,桂花香不也要发展吗?那老妇人让我说得不停地点头,眼看着她们要踊跃购买了,晴天里又响起一声霹雳,一个女人的声音高亢而尖利地阻挡了我的小买卖,别听他的谎话,那是化肥桂花,你们别上他的当!你们一定猜到是谁来了,是潘丽霞来了。潘丽霞不辞辛苦地跟踪我,跟踪到这里来了,由于跑得太急,她的橘红色西装就那么敞着怀,露出里面的毛衣,甚至棉毛裤的裤腰。这个可怕的丧门星一样的女人,她就不顾一个女人必要的仪态,冲过来一把夺下我的秤,你还要骗人?我就是不让你骗,就是不让你骗!老妇人们不知道我和潘丽霞的恩恩怨怨,她们来拉扯潘丽霞,问她什么叫化肥桂花。有个老妇人嘟囔说,她知道桂花分丹桂金桂迟桂花什么的,从来没听说还有化肥桂花。潘丽霞就急迫地说开了,就是用化肥催出来的桂花,一点都不香,这种桂花没有用,你们不该买呀。我看出老妇人们对潘丽霞也并非那么信任,她们仍然留恋地抓捏着桂花,放到鼻子下面闻着,说,香的,香的,怎么不香?潘丽霞一时也懵了,但她毕竟是从塔镇来的,我看见她抓起一把桂花放在手上捻着,突然就大叫起来,他洒了桂花香精,是桂花香精,不是桂花自己的香,我告诉你们,他是个大骗子,你们相信我,千万别信他的!我看着那些老妇人疑惑的表情,我正在考虑如何摆脱潘丽霞的纠缠呢，一个过路的知识分子模样的人在旁边插嘴说，是不是香精的香，在水里泡一泡就见分晓了，化学东西，见了水就分解！这下科学理论帮了潘丽霞的忙，她眼睛一亮，拿了鸡毛当令箭，说，对呀，就让桂花见水，同志们你们告诉我，哪儿有水，有了水你们就知道了，他是一个骗子，他是一个骗子，他是一个十恶不赦的大骗子呀！然后我就听见围观的居民们在说松树塘松树塘什么的，他们说前面就是松树塘，干脆就把这车桂花推到松树塘去吧。

　　我在天城住了好几年了，为什么从来没听说这儿也有个松树塘？这一切多像一个恶意的安排，松树塘松树塘，我在那儿坠入过深渊，事情不是已经过去了吗？它为什么大老远地从塔镇跑来，还要做我的坟墓？我不要看见什么松树塘，我的身子下意识地向后面倾，拼命地拉拽着车子。可是潘丽霞不答应，她咬着牙，一定要把车子推到松树塘去，旁边的好事的人群也在帮她推，似乎谁都清楚，一到松树塘，我的面目以及桂花的面目就水落石出了。这是我一生最惊恐的一天，我一个人的力气拗不过他们七八个人。我看着一车桂花在剧烈的颠簸下穿过狭窄的小巷，沿途引起了更多人的注目。有人高声问，那人怎么啦，桂花怎么啦？我就想，怎么啦，怎么啦，水落石出啦，水落石出啦。我的头脑当时有一半是清醒的，这一半的清醒提示我，松开手，随他们去，让桂花水落石出去吧，你不必同归于尽。但我不是个自私的人，这会儿你们都看见了，我一直紧紧拽着车把，我就是不愿意抛下这一车桂花。我和我的桂花被狂热的人群拉拽了起码五百米路程，然后我就看见了松树塘，是天城的松树塘，是这个城市等待填没的最后一个池塘。池塘边没有一棵树，却堆着许多的垃圾，还有一台推土机摆出要干大工程的架势，煞有介事地站在垃圾旁边。这是天城的松树塘，池塘里的水很浅，油腻发黑的水中漂浮的还是垃圾。这池塘为什么也是松树塘？根本就不配叫松树塘呀，可它也煞有介事地守候在这里，好像它在这里等了好多年，等得很辛苦，现在它要把我捉拿归案了。

这是塔镇桂花在大城市旅行的最后时刻，它们像一群赴难的勇士从车上俯瞰松树塘。它们很平静，就像它们的祖先住在树上时一样。它们仍然善解人意，就像当初自觉地帮助我们桂花办事处创业一样。它们知道现在来到了水边，一切遭遇都会有一个结果了。我看见潘丽霞的手果断地抓住了一把桂花，她说，同志们，我让你们看看，这是什么桂花，我要用事实来说话，你们受骗了，受骗了！我听见那些桂花在潘丽霞的手中均匀地呼吸着，只是呼吸，没有呼救，更没有什么眼泪，我知道这是结局了。池塘边的人们像观看"正大综艺"一样等待着揭开桂花之谜，桂花到底香不香？桂花泡在水中以后还香不香？我看出有几个人想要抢答。我就是不让这些人来抢答，我大声地叫起来，别理她，这个女人是疯子，她精神受到过刺激，是个疯子！池塘边的人群哗然了，有人相信了我的说法。有个老妇人说，看她那种样子，是有点不对头，桂花香不香，也犯不着这样。潘丽霞猛地站住了，然后她张开双臂向我扑过来，当然谁都看得出来，那不是要来拥抱我，是为了与我拼命。我听见什么东西在她的橘红色西装口袋里滚动，她扑过来的动作过于凶猛，那东西就从口袋里掉出来了。猜到是什么东西了吗？不是别的，是我的桂花哨。这女人一直醉心于搜罗我的罪证，竟然把哨子也收起来了！这下我红眼了，好不容易失而复得的哨子，绝不能让它落到我的冤家手里。我也扑过去了，我去抢我的哨子，最后就很不体面地和潘丽霞扭在一起了。我听见桂花哨自动地响起来了，哨声那么尖利那么疯狂，而且哨音之嘹亮让我感到万分震惊。说起来你们不会相信的，我听见的最后一次桂花哨是冲锋哨，冲啊冲啊冲啊。我知道桂花会闻哨而动，它们果然就从车上站起来了。我们塔镇的最后一百公斤桂花，它们就在哨声中跳起来了。我不说谎，最后一百公斤桂花从平板车上跳了起来。池塘边的群众都亲眼看见了，他们以为是风吹的。他们还说，哪来的风呢？怎么桂花在向池塘里涌？我知道不是风，是桂花哨让桂花冲向池塘的。我想去阻挡桂花投水的路线，我用胳膊、双腿甚至我的身体阻挡桂花。但桂花只听哨音，它们轻轻松松地跳越我的身体，向天城的松树塘涌去。你假如去过天城的松树塘就会知道那是一个多么肮脏的池塘，可塔镇桂花就那么义无反顾地冲进去了。旁边的群众终于看出了名堂，他们惊叫起来，这是什么桂花，它们在跳，它们在跑，它们在投水呀！我看见潘丽霞站在那里，手里还牢牢地攥着我的哨子，她脸色煞白地怔在一边，过了一会儿，她明白桂花的意愿了，毕竟是塔镇的女人，最后她跺着脚对我又哭又喊，挡着桂花，挡着桂花，别让它们都下去。可是这会儿觉醒还有什么用，我看着最后一簇落伍的桂花急匆匆地跳过我的手掌，我说，这不是松树塘，你们别下去！桂花不听我的，它们就是要去。我听见潘丽霞也在叫喊，这水多脏呀，你们别下去！桂花当然更不会听她的，最后一簇桂花就那么手挽手地跳向了池塘。我记得好多人都站在池塘边，他们是为了欣赏桂花投水的人间奇迹吗，不是，他们都听见了塔镇桂花告别天城的声音，他们听见一池桂花在向他们告别，就是听不懂桂花在说些什么。所以他们最后都回过头来，用渴求知识的目光看着我，那些桂花，它们在说些什么？

桂花说了些什么？桂花说，桂花不香，桂花不香。我就是这么翻译桂花最后的语言的。后来我一直坐在池塘边，看着池塘里的桂花一沉一浮的。沉下去的桂花在水底下说，桂花不香，桂花不香。浮在水面上的桂花也在顽强地重复，桂花不香，桂花不香。天城的冬天天黑得早，很快月亮爬上了半空。我眼睁睁地看着夜色一点点覆盖了池塘里的桂花，桂花金色的光影越来越暗淡了，后来池塘里就游来了那只大白鹅。我不知道鹅是怎么打听到桂花的消息的，也不知道鹅是从什么方向下水的。我看大白鹅在满池桂花里游弋得那么安详，就知道了，这是它的家。

就是那只大白鹅，它让我泪如雨下。

(2000年)

驯子记

贪杯的人形形色色，有些人一喝就上脸，不过喝了三口两口，看上去像是喝了一缸似的，有的人喝出了城府，喝得面色如土，满嘴酒气的，还讲究风度，说他先走一步，还有几个朋友等着他喝，其实是找僻静地方掏喉咙吐去了。有人喝多了就哭，有人喝多了倒头就睡，有人喝多了就高唱《国际歌》，也有人喜欢借酒撒疯，仗着几分酒意趁机动手打人，嘴里不干不净。对待这种人，马骏最有办法，他说，让他来跟我喝，我来教他怎么喝。这种人，抽他几个醒酒巴掌他就老实了！那么多人在酒桌上出了洋相，只是因为他们不懂得解酒的秘诀。马骏掌握好多秘诀，但他从来不告诉别人。现在我们香椿树街上的人渐渐都知道了，马骏喝酒是专业的——知道了也没用，马骏在外面喝，他瞧不上你，不跟你这种业余的喝。

马骏的妻子蒋碧丽也算是香椿树街的知名人士了，她现在是马骏的前妻。去年五一劳动节马骏三巴掌把蒋碧丽打跑了，这事我们都知道。这事我们谈论了快一年了。世界上每天产生一大堆新闻，美国人的导弹把伊拉克炸成了个秃子，萨达姆还说，让他们来，让他们来！一个削尖脑袋发横财的欧洲商人从波罗的海中打捞一只沉船中的货品，捞上来几千瓶葡萄酒，一瓶竟然卖三千美元，折合人民币就是两万多呀。沈阳有个貌不惊人的产妇生孩子，一口气生了六个，不仅没有违反计划生育政策，还出了风头上了电视。这些事情多么有趣，但它们离香椿树街人的生活太遥远了，相比之下人们更关心马骏马大头的事情。就在昨天，绍兴奶奶还在杂货店门前拉住马骏，倚老卖老地批评他，说，大头呀，人要讲良心，不要都去学陈世美，碧丽多好的媳妇，你为什么打她三巴掌？你怎么就把人家三巴掌打跑了呢？马骏没给她好脸看，说，别来问我，你去问她！

蒋碧丽的品行怎么样，去问她的麻将搭档就行了。理发店的陈四眼至今对她的牌品义愤填膺。陈四眼说牌桌上见人品，别看蒋碧丽平时很热心很随和，上了牌桌她的缺点就像街上的垃圾，一堆一堆的，赢了大牌她小人得志，对别人讽刺挖苦，和了小的她这山看着那山高，要是输了她的嘴里就热闹了，主要是骂人，除了冷玉珍她不敢骂，大概骂起来也不一定是她的对手，其他人伸手拿她的钱都要骂，尤其是骂起陈四眼来不留情面，你没见过钱啊？欠一会儿都不行？早给你你就富过李嘉诚了？陈四眼，人家没冤枉你，抠了屁眼吮手指头。陈四眼最难忍受的就是这最后一句话，他断定这是蒋碧丽从马骏那儿学来的，当然马骏又是从他父亲马恒大那里继承过来的。陈四眼能说什么？他只能叹息一声，说，你们马家人，嘴臭啊！

但现在蒋碧丽不是马家的人了。马骏三个巴掌把她打回娘家去了。事情发生在去年五一劳动节。马家人一向看重这个节日，照例要吃炸春卷。蒋碧丽骑车去市场买春卷皮子，马骏在家里剁肉馅。事情其实是出在自行车身上，蒋碧丽从市场出来发现自行车轮胎扎破了。她推车去桥边的车铺补胎，就这样遇到了宿明。宿明和几个狗男女在简易棚里打扑克，打最新流行的斗地主。宿明让蒋碧丽在外面等着，说打完一副牌再说。蒋碧丽的脑袋就往棚子里探进去了，她说，斗地主？我会！宿明你快帮我去补胎，我替你打！宿明开始没理她，蒋碧丽冲进去说，你怕什么？快补胎去，我来上，赢了归你，输了算我的！

　　蒋碧丽买的春卷皮子放在自行车篓子里，都被太阳晒干了，她还坐在那里斗地主。这个女人我们已经介绍过了，赢了不肯下去，就像输了不下桌一样。马骏在家里等得心焦，马恒大说，她一定是手痒了，你出去找找，她一定又在赌钱。马骏说，昨天还答应我了，说保证不打牌了。马恒大说，你自己的媳妇还不了解她？她说得比唱得好。马骏来不及洗手就出去了，走在街上就像要去哪里杀人一样。你知道马骏的脾气不好，你看他的铁青的脸色就能预见那三个巴掌，他们马家人最喜欢打人巴掌了。马骏走到桥边，看见冷玉珍从桥上下来，马骏是不喜欢与妇女纠缠的人，他不看她。但冷玉珍大声喊他，马大头，你媳妇找到新搭档了，她和宿明他们在斗地主呢。马骏瞪着冷玉珍说，你嚷嚷什么？我知道她在斗地主。马骏是个爱面子的人，但是他爱面子并不意味着给别人面子。马骏向宿明的车铺那里瞄了一眼，他多少还有点克制，还在桥上踱了几步,等着冷玉珍离开。冷玉珍却不肯配合他,她跑到水果摊那里假装买水果,其实是在密切关注马骏的动向。

马骏终于没有耐心了,他冲进宿明的车铺,二话不说就把蒋碧丽从桌上拎起来了。棚子里的几个人都认识马骏,谁也没有保护蒋碧丽的意思。其中一个人很自私,埋怨马骏把他的好牌冲了。马骏把妻子推到外面,顺势给了她第一个巴掌。这下扫了蒋碧丽的面子,她破口大骂,一定要打回一巴掌。马骏对妻子很小气,不仅不让她打,而且打了她第二个巴掌,他说,你不要吃春卷了,吃巴掌!夫妇俩就在桥边扭打起来,冷玉珍想挤进去拉架,颧骨上被马骏捅了一肘,后来红肿了好几天,从此看见马骏就吐唾沫,这是后话。冷玉珍这时非常同情蒋碧丽,她说,碧丽抓他的裆。蒋碧丽慌乱中听了她的,去抓马骏的要害,结果就挨了马骏第三个巴掌。马骏打了第三个巴掌,第三个巴掌势大力沉,他看见妻子就像接受军训的女兵,突然在他脚下卧倒了,他就愣在那儿了。后来他对朋友说他听见蒋碧丽身上不知什么部位发出了碎裂的声音,他不敢下手了。他知道就此罢休也没用了,他们肯定要散伙了。

散伙就散伙。马骏是条铁打的汉子,他执意要为自己的鲁莽付出代价。散就散吧,都什么年代了离婚算个屁。去年五月到现在,马骏不断地向亲朋好友重复这些话。他们都纷纷来做他的思想工作,说去向碧丽认个错吧,你们不要那么冲动,孩子都那么大了,认个错,保证以后不打——这时候马骏打断他们的话说,什么以后不打?不像话就要打!马骏懒得跟他们说什么，说来说去都是废话，他想你们这些人是站着说话不腰疼，我要是不冲动那我还是马骏马大头吗？她要是不冲动还是她蒋碧丽吗？亲戚们以前在背地里说蒋碧丽不孝顺老人、赌博不好、爱化妆不好、宠孩子不好，现在却说她勤俭持家吃苦耐劳，品质很高尚，说来说去好像马骏打的是天上下凡的七仙女。马骏见不得这种不分是非和稀泥的人，听他们说认错认错的血就往头上涌，也顾不上尊敬老人了。有一次，他把唠叨个不停的大姨妈架出了门，转身就关门，把个八十岁的老人气得浑身颤抖，气得老人尿了裤子。

马骏这种人，让人怎么说他？有人说他本质不坏就是脾气坏，但也有人懒得透过现象看本质，他们就看现象，不容商量地说，马骏？就是马瞎子的儿子？也不是个东西！

马骏上有老下有小，蒋碧丽一走，一老一小都归他一个人了。

先说那个老的，就是马恒大。他是盲人，两个眼珠子煞有介事地保留在眼眶里，其实完全是个摆设。眼科医学再怎么发展对他也是英雄无用武之地，他已经习惯以盲人的身份安排他的晚年生活。他平时倾听时间的流逝，这是他自己告诉街上的老人的。他听三五牌台钟滴答走动的声音，对于一个盲人来说那声音就是时间，这很自然。但马恒大对老人说，现在的时间过得比原来快了。老人们就笑，说，是你们家的钟快了吧？马恒大遇到了交流的障碍，说，不是钟快了，是现在的时间走得快了,你们要是跟我一样是瞎子,就明白我的话。马恒大脸上流露出一种有理说不清的悲哀。马恒大的晚年生活浮躁不安,可能与时间走得太快有关。每天早晨他都急着站到自家门前,让来往的人们看见他的身影,他看不见别人,但他明显想让别人看见他,知道马恒大身体还硬朗。这几年,马恒大对许多街头闲事丧失了热情,也许是因为年龄上去了,精力不济,也许是被一些轻视他污辱他的人伤透了心。总之,马恒大由外交转向了内政,主要监督儿子、孙子的生活,骂人的习惯是改了不少了,当然也不可能一下子变成一个知识分子。除了眼睛用不上,马恒大动用了嗅觉、听觉、触觉多方位地监督马骏的生活,望子成龙之心路人皆知。不过邻居们觉得马瞎子不免小题大做,动不动喜欢上纲上线,而且马恒大人越老嗓音越洪亮,左邻右舍的人大清早地就被他的嗓子吵醒,一边埋怨着一边也接受了他的教育。有的教育看似没有必要,就比如马骏出门上班前习惯去一次厕所,这习惯就为马恒大所不齿,邻居们听他骂儿子懒驴子上磨屎尿多,为什么不到单位去上厕所?早起你刚刚撒过尿,哪来这么多尿?尿不出来你还憋?你就是要磨蹭,存心要浪费时间!他说一寸光阴一寸金,你到我这个年龄就知道了,把时间浪费在马桶上,大头你没出息啊。邻居们有时盼望马骏也说点什么,但马骏从来不顶嘴,谁都知道马骏的脾气,脾气坏得什么似的,却甘心忍受他的瞎子父亲年复一年的数落。因此有的老人和妇女就说,马骏是孝子,不像华老师家的两个儿子,华老师还是老师呢,可大儿子打掉了他一颗门牙，小儿子前不久又把父亲的胳膊弄骨折了。

马骏的儿子还小，才五岁，轮不到他上场。这里就简单介绍一下。这个小男孩除了马家人自己喜爱，没有任何人喜欢他。小男孩名叫马帅，长得与他的名字相反，遗传了蒋碧丽的塌鼻子和马骏的小眼睛。这不去说它，马帅还遗传了他父亲马骏的爱好，喜欢打人巴掌，不仅打比他弱小的孩子，大人他也敢打。你要是敢逗马帅就要提防他的巴掌，马帅打了就逃，打到了就格格地笑，说明他还是童真未泯，但他的童真别人不想受用。所以街上的年轻母亲听说蒋碧丽离婚带走了孩子，都喜上眉梢。没多久看见马骏又把儿子接回来了，她们就跟在马骏的身后说，孩子跟他妈多好，你们男人带孩子带不好呀。马骏知道她们的心思，他对许多人都是横眉冷对的态度，他说，我带不好，那你帮我一起带？这些女人还在分辨马骏是开玩笑还是在责备她们，马骏又加上一句，关你们屁事？马帅在旁边立刻响应，关你们屁事！于是那些女人悻悻地骂起来，说，不知好歹的东西。她们普遍有一种竹篮打水一场空的感觉，总之马骏离婚邻居们并没有捞到任何好处。

马骏有心事，离婚以后他常常闷闷不乐，听见外面下雨就烦，就要骂人，但马恒大不让他骂。马恒大说，发什么狗屁牢骚？你长一张嘴是让你骂人的？是让你骂天的？下雨有什么不好？少给我指桑骂槐！媳妇跑了后悔了是不是？那你去打她三巴掌干什么？打一巴掌教育一下就行了，你卖狠劲嘛，打人家三巴掌！马骏说，你说什么呢，谁后悔了？我是说天气讨厌，洗的衣服总也干不了。马恒大说，少给我来这套，我还不知道你心里想什么？想天上掉一个好媳妇下来，正好坐在你床上？做梦去吧，你这副不求上进的样子，要事业没事业，要才华没才华。没才华也不怕，那你有个吃苦耐劳精神也行，可你天天就张着个大嘴等着飞机上扔馅饼！马骏说，你怎么知道我没事业？我不过是不跟你说罢了。马恒大鄙夷地说，你的事业？当个厨子也算事业？那叫做养家糊口！马骏说，那你不要我当厨子了？马恒大说，你不当厨子还能当什么？当上厨子就算你的福气了。马骏就不说话了。马骏已经养成了习惯，他跟父亲说话说一半就停止，为了避免不必要的麻烦。

麻烦其实就放在桌上呢。桌上放着马骏新近印的名片。

> 国际海鲜城
> 陪酒员　马骏
> 业务范围：内部免费陪酒
> 外出收费陪酒

有人会说了，这就是马骏不好的地方，他怎么能利用父亲的生理缺陷，隐瞒他的现状，即使是工作变动这么大的事，他也不说，还把名片放在桌上！马骏隐瞒他的新职业当然出于他的惯性，既然知道父亲会反对，会闹，会骂他，那他能瞒一天是一天。

这就是马家的现状，马骏已经到国际海鲜城三个月了，马恒大还以为儿子在凤鸣楼当他的厨师。又有人会问了，说马恒大的嗅觉不是很厉害吗？他闻不出儿子嘴里的酒气？不知世面的人会这么问，他们不知道马骏清除酒气也有他的秘诀。这不影响他的工作，透露了无妨，你也可以试试。先用漱口水（最好是进口的高露洁）在嘴里含两分钟，然后用新奇士橙子（嫌贵的话可以用三峡脐橙代替）的皮咬上两分钟，保证你嘴里酒气全消。

一个再平庸的人也会在某方面有一技之长，就像陈四眼算账有着超人速度，就像附近罗家的傻瓜儿子，他在绘画方面表现出来的才华据说引起了省美术家协会的注意，他的画拿到日本展出过，老罗说他们父子差点就去日本了，他们要是去成了，就将成为香椿树街的出国第一人。而马骏作为一个平头百姓，对自我的认识从来都是实事求是的，他知道自己没有什么能耐，不过，论喝酒，他断定这个世界上没有多少人可以和他一较高低。

这就叫天赋。马骏小时候有个朋友小宝，住在酒厂里。他去小宝那里玩，玩的就是瓶子。那个酒厂当时生产汽酒，味道接近时下的含酒精的饮料。马骏之所以和小宝交朋友，其中重要的原因就是为了喝汽酒。马骏怂恿小宝带他去成品车间偷汽酒喝。有一次他们进去了，马骏提出来个喝汽酒比赛，输的一方要付钱给赢的，而且多喝一瓶就多赢一块钱，幼稚的小宝居然就答应了。马骏记得他饮酒史上的第一次辉煌就在酒厂的成品车间里，他比小宝多喝了三瓶，不仅白喝了汽酒，还赚了三块钱。

马骏知道自己能喝。但他从来不敢放开了喝,原因不说你也能猜到,是马恒大不让他喝。在马骏朋友最多应酬最多的婚前时期,马恒大把晚归的儿子堵在门口,闻他的口气。马恒大每次都能报出儿子当天的饮酒量,其准确性远远超过现在交警使用的测酒仪。这让马骏又惊又怕,马骏告诉别人,他为什么对消除酒气如此钻研,也是逼上梁山不得已,就为瞒过他父亲的精密的鼻子。而且以前也没什么高露洁漱口水,也没有什么新奇士橙,他是用最廉价的牙膏和茶叶水清除口气的。再以前他是处于摸索阶段,甚至用过洗洁净来清除酒气,弄得满嘴泡沫,差点化学中毒。马骏告诉别人自己的经历,多少藏着潜台词。潜台词是你们不要以为我歪打正着,我现在能当上专业的陪酒员,一半是天赋,一半也靠我自身的努力。

有人对马骏的新职业产生了疑问,说那不像职业,像是起哄或者一个玩笑。马骏遇到不少这样的眼光狭窄的人,他冷冷地掏出名片,说,信不信由你,我就是国际海鲜城的陪酒员,拿工资的。这些人说,那你不在凤鸣楼干了?马骏说,不干了,不想在那儿干,没意思。这些人又说,那你也不跑运输了?那你也不卖服装了?电脑呢,你不是还卖过电脑吗?这些人熟悉马骏的历史,奇怪的是他们沉溺在马骏的历史中,就是不愿意对他的新职业展开讨论。他们就那么满腹狐疑地看着马骏,眼神或者迷茫,或者刻薄,或者担忧,其心态不言自明,他们普遍认为马骏在胡闹。什么陪酒员,听上去都不正经,你不要自作聪明吧,马大头!只听说法庭有陪审员,酒吧有调酒师,色情场所有陪酒小姐，哪来的什么陪酒员？就算这是新兴行业吧，就算你马大头具有开拓精神，走在时代的前列了，那你的什么陪酒员也不是宇航员，不是股票交易员，不是艺员不是游艇俱乐部会员，你这个浑水摸鱼的员最终逃不出失败的命运！

可是如今世事千奇百怪，你不服气不行。马骏目前确实混得很得意，这不用他自吹，现在陈四眼也替他吹，老祝王小三他们也在替他吹。他们一同去喝王小六的婚宴，婚宴恰好设在国际海鲜城，马骏在国际海鲜城的情况他们都看见了。不服气不行。马骏穿着绛红色的制服，胸口挂着一个小牌子，牌子上千真万确地写着陪酒员三个字。马骏当时并不搭理来自香椿树街的这些街坊邻居，他穿梭在各个包厢中，显得很忙碌。但陈四眼说，我们是客人，马骏他有义务为我们服务，不是说内陪免费吗，让他来陪我们喝酒！马骏后来就来了。马骏来了往老祝身边一坐，看他的样子有点像大歌星耍大牌的味道。王小三不买账，说，马骏马大头陪我们喝，你是陪酒员，板着脸干什么？你他妈的就是干这行的。马骏也不言语，拿过酒瓶问，怎么喝？王小三说，怎么喝？吹喇叭呀！马骏就冷笑道，你他妈口气大，替你弟弟省点酒钱吧，酒要花钱买的。说归说马骏还是拿起了酒瓶，是标准的吹喇叭，一眨眼就把半瓶白酒吹掉了。王小三很注意地看他是否玩鬼，他听说马骏喝酒花样很多，可他眼睛瞪直了也没有抓住马骏的把柄。他们这下亲眼目睹了马骏喝酒的实力，谁也不敢轻易惹事了。偏偏新郎王小六走过来了，王小六自以为见过世面，他抓住马骏，硬要检查他的衣袖。马骏的脸立刻沉下来了,他说,你检查,让你检查,不过要是我没玩鬼,你怎么说?新郎王小六说,我罚酒。马骏笑了一声,说,你罚什么酒,等会儿还要入洞房呢。新郎说,随你,你说怎么罚就怎么罚!王小六急于摸他的衣袖,令他奇怪的是马骏的袖子是干的,他纳闷马骏是怎么把那么多酒喝下去的,正在查看地上桌上时,他的脸上就挨了马骏一巴掌。王小六给这巴掌打傻了,他看着马骏说,你他妈的真打我?马骏说,那还假打?你自己说的,我要怎么罚就怎么罚!陈四眼他们也傻了,谁能想到马骏这么混账?为这点事打了新郎一个巴掌!

据陈四眼说,马骏打了那个巴掌后就若无其事地走了,他跟着他走,看见马骏进了洗手间。陈四眼猜他一定是去吐了,要是马骏这会儿吐陈四眼也服他了,没有人能把酒含在嘴里那么长时间的。但马骏没有吐,马骏走到便池那里,回头对陈四眼说,没什么可看的,要看就看我的鸡巴。陈四眼一时语塞,他听见马骏嘻地一笑,说,不打他巴掌打谁?老子离婚他结婚,还非到这里来结他妈的婚,结给我看?就打这婊子养的东西!

陈四眼一方面向人们吹嘘马骏的酒艺,另一方面也对他打新郎一巴掌的事津津乐道。陈四眼对马骏一分为二,他说,这家伙是真的能喝,不过这家伙心眼也太小,自己离了婚,就见不得别人结婚,你想想吧,人家王小六大喜的日子,他打人家一巴掌!

驯子记

马骏的酒名早已经传开了，马恒大却蒙在鼓里。人们知道他们父子的思想永远存在代沟，代沟是什么呢？说起来很简单，就是老的要往东，小的却要往西，老的说天空最蓝，小的却说海洋最蓝，老的说臭豆腐闻着臭吃着香，小的却说香什么？吃着闻着一样臭。人们知道马家父子的生活闲人莫入的好，他们就在背地里悄悄地议论，看见马恒大从他们家出来了，他们就不说马家的事了，他们还故作热情地对他喊，老马你的气色很好呀。马恒大就说，好个屁，我都让大头气死了。邻居们心想你要是知道大头在外面干的什么事，那你不是气死，是气得醒过来！可是邻居们就是不提马骏在外面干的事，他们知道马骏最恨搬弄是非的人，弄不好是要挨巴掌的。他们都习惯了说马骏的好话，有的老妇人看见马恒大，重复的还是多少年的一句话，老马你有福气，马骏虽说脾气不好，可他是个大孝子呀。

马恒大坐在藤椅上，那是马骏一早为他搬出来的，马恒大的身子向后稍稍倾斜，那是为了同时听到家里时钟走动的声音。藤椅摆放的位置很科学，马恒大既能听见时间的流逝，又能关注香椿树街的现实。马恒大坐在家门口，用眼睛以外的所有器官观察着我们的世界。时间走得太快了，时钟走动的声音就像一只坏了的水龙头，滴答滴答答答答，时间走得太快是一种浪费。街上的汽车开得也太快了，开那么快撞到了人你也没什么好处。女孩子们说话的速度也那么快，为什么不肯把话说清楚了,为什么不肯一句一句地说?又没有人跟你们抢着说。马恒大坐在家门口,他坐在那里不是为了睡觉,但年岁不饶人,坐着坐着就有了睡意。是秋季的一天,梧桐树上的一片叶子突然莽撞地飞到了老人的脸上。马恒大警觉地抓住了那片叶子,他说,是谁?干什么的?紧接着他意识到那是一片叶子,他把树叶抓在手中捏着,听见树叶发出了细小而清脆的断裂声。马恒大听着枯叶的声音,他听出了名堂,他听到了亡妻细小而沙哑的声音,你怎么打起瞌睡来了?不能睡,不能睡,去看看大头,看看大头在干什么。马恒大把那片枯叶的残骸放进裤兜里,人就站了起来。有人看见马恒大摸着墙向街上走去,他们追着问他,老马你去哪儿?你要买什么我们替你买。马恒大只管向西边走,他说,一片树叶,一片树叶,我要去凤鸣楼看看,看看大头工作怎么样。

这事说起来玄乎,邻居们都是人,人不告诉他马骏在干什么,倒是一片树叶良心发现,引导他去了凤鸣楼。这一去就真相大白了。马骏假如要打谁的耳光,去打树叶的耳光吧。

马恒大走到凤鸣楼时正是餐馆午市开张的时候,人人都在忙。马恒大一声声喊他儿子的名字,人家起初都没反应,因为马骏离开凤鸣楼已经三个月了,如今人事更迭,忘记马骏这个人的名字也算正常。但马恒大叫了几声就生气了,他用拐杖勾住一个厨师的手,说,我是瞎子你们都是聋子?没听见我在喊马骏吗?我是他爸爸!这一来马恒大引起了餐馆里所有人的注意,店主任和马骏以前的红案搭档小钱都过来了。店主任对马骏从来就没有好感，他说，你儿子跳槽啦，你儿子连红烧鱼都做不好，尾巴黏在锅上，他还自以为身怀绝技，跳槽走了！马恒大说，你说马骏跳？跳绳？这么大的人跳绳，你批评他呀！店主任说，不是跳绳是跳槽！嫌这儿待遇低没前途，不在我们这儿干啦。马恒大毕竟跟不上形势，他不知道跳槽的意思，反问道，他不干了去挑槽？你是什么意思啊？小钱这时候挤上来说，哈，马骏瞒着你呀，他去国际海鲜城当酒司令了。按理说小钱才应该挨马骏的巴掌，而且他怀着某种不正常的心理故意把马骏的职业说成酒司令，都怪这个臭嘴小钱，他几句话就把马骏的现状交代清楚了。他说，嘿嘿，马骏找到这么个好工作都不告诉你？他是拿工资的酒司令呀！店主任也不是好东西，这时还公报私仇，在旁边补充说，什么酒司令，是吃大户！话出了口，他们才发现马恒大的脸色不对，他的嘴唇也哆嗦起来，但这时再向香椿树街人学也迟了，马恒大的身子摇晃了一下，又站好了。他说，婊子养的东西，我说他心里有事，我说他瞒着我什么，他这是存心气死我，我跟他同归于尽！

冷玉珍在路上看见马恒大急匆匆地穿越十字路口，好多汽车向他按喇叭，他只当没听见。马恒大泪流满面。冷玉珍骑车追着他问，老马你这是去哪儿呀？马恒大头也不回，他说，吃大户，吃大户，我让他吃大户！冷玉珍打破沙锅问到底，说，是大头吧，大头去吃大户了？让他去吃嘛，如今贫富不均，有钱人吃一半扔一半，不吃白不吃，你哭什么呀？马恒大在脸上抹了一把，擤了一下鼻涕，说，我感冒，我为他哭？我为他哭不如为"四人帮"哭。冷玉珍说,你这是去找大头呀?他在国际海鲜城,很远呢,你走路不方便,叫个出租车,七块钱起步,我替你拦一辆?马恒大说,拦了你自己坐。冷玉珍还不依不饶地追着他,七块钱不贵,让大头出。马恒大突然站住了,别跟我提他,他捂着胸口说,我气死了,心脏快跳不动了,麻烦你一件事,我要是死在路上,你让我侄子来收尸,我不要大头碰我。冷玉珍这女人也够烦人,话说到了这份上,她还追着马恒大,大头是有名的孝子啊,什么事把你气成这样?马恒大发现跟她难以沟通,就只顾向前走,他说,吃大户,吃大户,祖宗的脸面都让他丢光了。我怎么生出这个狗东西来的?啊?怎么生出来的?

马恒大一路疾行,目击者说他那会儿一点不像盲人,看他的样子就像竞走运动员要去为国争光,好几个路口的交通给他弄乱了。极度的愤怒诞生了奇迹,马恒大在中午时分到达了处于开发区内的国际海鲜城。

国际海鲜城的总经理,也就是马骏的表弟,马恒大的外甥,先发现了他,他了解舅舅,知道他这么冲进来一定藏着撒手锏,慌乱中大叫了一声,大头快跑,舅舅来了!马骏当时正在一个包厢里陪饮,他看见父亲就忘了平时的礼仪,脱口而出,哪个×养的把他带来的?当然没有人会站出来把责任揽到自己身上,马骏也顾不上追究责任,他抓紧喝下了杯中剩余的酒,对客人说了句,我见底,然后就一头钻进了洗手间。

马恒大的拐杖尖锐地敲击着海鲜城华丽的粉饰过度的墙

壁，他洪亮的声音把水槽里的鲜鱼活虾吓得乱跳乱蹦。马骏的脑袋从隔间的门板上探出来，关注着门外的动静。有个客人走了进来，马骏问他，外面的瞎老头在干什么？客人说，谁知道，大概脑子不好吧。马骏向那个人瞪了一眼，想骂什么，又忍住了。

马骏听见父亲在叫表弟的乳名，小黑卵，你敢包庇大头，我今天就把你的馆子砸烂了！表弟对马恒大也缺乏应有的尊敬，他说，你个瞎老头不在家呆着，来这里撒什么野？你们马家的事情回马家去解决，不准闹事！马恒大说，好你个小黑卵，有了点钱就对长辈这么说话？我闹事？我这把年纪闲着没事，跑你这儿来闹事？表弟说，不闹事就别嚷嚷，我这里都是客人，有事你不会好好说吗？马恒大说，好，我好好说，小黑卵，今天你也脱不了干系，是你把大头带坏了，有几个臭钱就有资本了，当起教唆犯了，是你让大头来吃大户的吧？我也要找你算账呢。

马骏是个仗义的人，他不想连累表弟。况且父亲口口声声地叫表弟小黑卵，实在是辱没了他现在的身份。马骏听到了表弟强压怒火的解释，说马骏不是吃大户，是陪酒员，是新兴的职业，马骏知道表弟是白费口舌，父亲要是相信了你，那他就不是他亲爸爸不是你亲舅舅了。马骏冲出了洗手间，说，都走开，我来了。马骏走近父亲，感到扑面而来的一股热气，那是从父亲身上散发的怒火，马骏知道他要遭殃了，丢人现眼的局面在所难免了。都走开，我来了。马骏走到父亲身边，抓住他的双手，让他对自己脸部的位置熟悉一遍。马骏说，爸爸我也不跟你说了，说了也白说，要打几巴掌，你掂量着办。马骏扫视着围观的同事和客人，说，你们看什么看？老子打儿子，没见过？都给我走开。有人识趣地走开了，也有人坚持要看。马恒大这时候跺了跺脚，他说，气死我了，气死我了，小黑卵呀，我要是死在这里，你给殡仪馆打个电话，把我直接送过去。告诉你妈，不要来哀悼我，我生出这么个种，还有什么脸面拿别人的花圈？马骏推了下表弟，说，你走，他不敢死，他要是死了我就去杀人放火，强奸妇女，他敢吗？马恒大的手这时已经在儿子脸颊上试了一下，他说，小黑卵你听见的，他是在逼我下毒手，好啊，我今天就跟你同归于尽！

闲话少说，马恒大这就动手了。马骏闭上了眼睛，这是他从小养成的习惯，他在心里默默地清点父亲的巴掌。啪，一个，啪，两个，噼，打歪了。不算，重新打。啪啪啪啪啪，啪啪啪啪啪啪。马骏闭着眼睛，他突然想起母亲活着的时候曾经想利用他的缺陷弄虚作假，母亲曾经蹲下来想乔装儿子替他分担几个巴掌，可是马恒大虽然没有视力，他的触觉却是惊人的敏锐，也许巴掌落在两个人脸上的触觉是不一样的，反正马恒大每次都识破母亲的伎俩，母亲白挨几个巴掌，却不在计次范围中。马骏闭着眼睛承受父亲的巴掌，他理解父亲的怒火来自何处。现实是历史的延续，眼前的灾难让他联想起小学时代父亲为他制定的惩罚条例，饭后碗里留米粒，警告，一个巴掌。早晨睡懒觉，记小过，两个巴掌，骂脏话也是记小过，但是要挨三个巴掌。考试成绩低于八十分，还有与人打架都在记大过的行列，统一六个巴掌。如果马骏骗了别的孩子的糖果或玩具，那么就数罪并罚，一共是十个巴掌。马骏至今也没有想通，这种小罪名反而要挨十个巴掌！为什么骗了糖果就是没有骨气，为什么没有骨气就要挨十个巴掌？

马骏觉得脸部火辣辣的，像是快燃烧了。他偶尔睁开眼睛，冷眼看见几个女服务生还站在楼梯口看热闹，几乎所有的女孩都在掩嘴窃笑，只有那个叫小环的女孩不笑，她用一种惊恐而同情的目光看着马骏。患难中见真情，马骏后来爱上了小环，请原谅这里暂时还不能描述。

马骏数到三十三个的时候突然叫起来，爸爸停一停，我要吐。马骏向父亲做了一个暂停的手势，他说，你刚才打到我喉管了，我要吐。马恒大的手停留在空中，他说，婊子养的东西，少给我耍花招，站那儿别动。马骏嗷的一声，捧着嘴向洗手间冲去，从他的形体动作和表情看，不像是耍花招，他是真的去吐了。马骏一走马恒大的最后那巴掌就打了个空，他及时地平衡了身体，扶着墙壁，呼呼地喘气。马骏的表弟这时端了张椅子给舅舅，马恒大也不推辞，坐下来，仍然喘着粗气。他说，让他吐，全部给我吐出来，别人的饭，别人的菜，那么多的酒，全给我吐出来。

确实全都吐出来了。表弟走进去慰问马骏时，看见他站在水池边，用水一遍遍地清洗嘴边的污物，马骏脸色惨白，木然地瞪着镜子，他的眼神中有一种令人陌生的恐惧。表弟递给马骏一块热面巾,说,舅舅我来安顿,你擦把脸,林老板他们那桌还等你去招呼呢。马骏瞪着镜子中自己的脸,他说,我感觉不妙,吐一次就会有第二次,老瞎子该死,他打到了我喉管,我的武功说不定让他废了。

一九九七年秋天,香港刚刚回归祖国,白热化的欢庆大幕徐徐地合上。有些并不爱国偷税漏税的商家浑水摸鱼,赚了不少钱,而我们这地方的餐饮业搭顺风车,生意一律火爆得很,更不用说国际海鲜城这样的有品位有创意的地方了。马骏那几个月的奖金透露出来,会让香椿树街的一大半人气红了眼睛。所以还是不说的好。

有人就喜欢议论马骏,说他最近创下了一斤六两的纪录,而且言之凿凿,说他是陪一个台湾老板喝的,喝的是两种酒,湖南的酒鬼和台湾的金门高粱,有人就是对马骏的事业感兴趣,说他喝了一瓶酒鬼和六两金高。什么金高?金高就是金门高粱的简称,没办法,总是有人喜欢故弄玄虚。

陈四眼在街上拉住马骏问,马骏,听说你创下纪录了?一斤六两?你的肠胃没有烧起来呀?马骏甩开他的手,理都没理他就走了。王小三在浴室里看见马骏,凑到他身边问,听说你喝了金门高粱,那酒怎么样?有没有五粮液厉害?马骏看见王小三就从浴池里爬起来,他不屑于和他讨论酒。马骏板着脸走了几步,突然想起什么,回头对王小三说,听说你们家小六要打我?告诉他,他要是二十四小时之内不动手,我就去你家,打你爸爸!

谁都能看出来，马骏心情坏透了。谁都认为马骏应该是春风得意，尤其是在他们打听到马骏的本月月度奖一千二百元之后，偏偏马骏就天天沉着脸，好像他刚刚下岗一样。马骏心情不好，有些人躲着他，有些人就不买他的账，比如马帅幼儿园的老师，她让马帅给马骏捎话，让他务必到幼儿园去一趟。马骏问儿子，又让我去干什么？儿子说是开家长会。马骏匆匆赶到幼儿园一看，只有他一个家长，他知道儿子在欺骗他。他把儿子从滑梯上喊到僻静处，刚想打他巴掌，老师就来了，说，住手，你是怎么回事？跑到幼儿园来使用暴力？马骏对儿子的老师还是尊重的，说，他说谎呀。老师随口说，马帅本质是好的，就是家庭教育跟不上。马骏刚想解释家庭教育跟不上的客观原因，老师却挥手一指，指着幼儿园的一块窗户玻璃，说，你看看，昨天让马帅砸的，别人都睡觉他不睡，他偷偷地溜到外面，砸玻璃吓人！马骏气得头皮发麻，一个劲地搓他的巴掌。老师说，我们也不让你赔了，请你去买块玻璃替我们安上吧。

马骏假如打儿子几个巴掌，说不定气也消去好多，可是在幼儿园不能打儿子。马骏低下头冲出幼儿园，斜着眼睛在街上寻找卖玻璃的商店，你让他心情怎么好得起来？

马骏就是西方人所说的单身父亲，可是西方的单身父亲不管他的父亲了，他的父亲或者去养老院或者独立自主，哪儿会像马恒大那样守着儿子，哪儿也不去？马骏现在上有老下有小，独独没有了女人，当然性生活也就不正常了。看见幼儿年轻漂亮的女教师,明明心情不好眼睛却舍不下她的丰乳肥臀,这种情况下你让马骏的心情怎么好得起来?性生活过不了也罢,最多去桑拿浴室找按摩小姐推个什么油,也把自己糊弄过去了。玻璃的事也好解决,马骏手巧,三下五除二就把新玻璃安到幼儿园窗户上了。无法解决的是马骏和父亲之间的双边关系。马恒大自从打了马骏三十三个巴掌以后元气大伤,天天嚷嚷着心口闷,而且马恒大最近便秘了,马恒大已经一个星期没有解手,肚子胀成一个坚固的山丘,你让马骏的心情怎么好得起来?

这是马骏难得清闲的一天。他从幼儿园出来后,拐进药店,为父亲买了一瓶专治便秘的开塞露。路过郑小松的录像店时,他向里面张望了一下。郑小松在里面招手,说,进来,有好片子!看郑小松的表情,马骏知道他说的好片子是什么玩意,他说,郑小松我操你爸爸,让光棍看好片子,你安的什么心?说是这么说,马骏在录像店门口犹豫了一下,还是进去了。其实郑小松所谓的好片子真是一部好片子,《夫妻性生活健康》,马骏瞄了一眼片名就有点泄气,郑小松却保证片子好,该有的都有,硬是用报纸包好塞给了马骏。

父亲不在家。马骏看见藤椅上空空荡荡的,心里就有点上火,得了便秘还往外面跑,去让人参观他的肚子吗?马骏把药扔在藤椅上,看见父亲留在棉垫子上的屁股的印子,人去椅空,余威犹在。马骏忽然被一个奇异的念头征服了,他想干点什么,干点坏事也行,干点别的也行,只要是父亲反对的事,干什么都行。这是他小时养成的习惯，父亲不在，他就干点什么。马骏想这应了父亲常说的一句话：狗改不了吃屎。马骏在家里转了一圈，猛地意识到现在正是看录像的最佳时间，就干这事吧。马骏打开了录像机，把录像带放进去，看看片子没意思，快进，过了一会儿发现了精彩的地方，他舒了口气，安下了心准备欣赏，然而正在这时马恒大回来了。

马骏的第一反应是扑过去关电视，但很快就告诫自己不必慌张，父亲是个盲人，为什么总是忘记他这个致命弱点？马骏决定看下去，他关掉了电视机的声音，然后为父亲打开了门。

去哪儿了？马骏眼睛看着电视，说，你不舒服，怎么还往外面跑？

马恒大没有搭理儿子，他走到藤椅那里，摸了一下，很准确地坐到了上面，然后他就扯着嗓子叫道，往外面跑？我不跑谁跑？去哪儿了？亏你问得出来，我去凤鸣楼找你们主任谈过话了！

找他干什么？他早就不是我的主任了。马骏说话时有点心不在焉，他盯着电视机。现在电视机里的一男一女开始像那么回事了，偶尔地女人的乳房挣脱了虚影的束缚，露出了庐山真面目，这让马骏感到一丝意外的惊喜。

你知道你们主任怎么说你？啊？马恒大说，他说你这种人到哪儿都干不好，到哪儿都是领导的负担，他说你走了凤鸣楼的菜也做得好了，服务态度也好了，环境也干净了，你在他眼里是什么？还不如一只红烧鸡屁股。

他看不上我,我还看不上他呢。马骏仍然盯着电视,说,你找他谈什么?

谈什么?马恒大说,我觍着老脸给人说好话,我把他家十八代祖宗的马屁一起拍了!你还问谈什么呢,我求那混蛋的情,让你回去干老本行!

马骏嘿地发出了声冷笑,他说,你是白操那份心,我现在干得好好的,我不回去。

你还不回去呢?马恒大拍着藤椅说,你以为人家稀罕你回去,看他的意思,要回去还得备一份厚礼呢。

好,备一份厚礼,送他一堆狗屎。马骏说。马骏心不在焉,他看见电视机里的男女已经过完了健康的性生活,忍不住说,这么快,什么玩意!

马骏听见藤椅咯吱一响,马恒大突然站了起来。马骏后悔来不及了,他意识到自己犯了错误,马恒大已经警觉地转过脸,吸紧鼻子向左边右边嗅着说,你在干什么?大头,你在干什么?

马骏慌了,他关上了电视,说,我干什么了?没干什么呀!我在看报纸,足球,我在说德国队进球的事,一分钟就进球了,太快了。

但马恒大还是摸到了儿子的身体,他的手像一只扫帚,熟悉地自上而下扫过,尤其在马骏的口袋处多停留了一分钟。马骏护住要害处,他说,你摸什么呀,我真的在看报纸,什么也没干。马恒大的手在儿子的腹部犹豫了一下,他的表情在瞬间有一种微妙的变化，他说，你干什么我猜得出来，大头我告诉你，你一撅屁股我就知道你放什么屁。马骏支吾着，突然想起开塞露，说，我给你把药买回来了，你不是说开塞露管用吗？马恒大说，别给我打马虎眼，我能憋。你个婊子养的不干好事，我看你是憋坏了，憋坏了也活该，谁让你三个巴掌把老婆打跑了？马骏摊开父亲的手，他说，你说什么呢？都什么年代了，你看不见，不知道外面的小姐有多少，很便宜，谁还要靠老婆？马骏知道这次他又说漏嘴了。他看见父亲脸上掠过一种惊恐的表情，父亲死死地抓住他的衣领，他说，婊子养的东西，果然让我猜对了，你在外面干见不得人的事，啊？干没干？马骏说，没有，别人都这么干，我没干！马恒大的牙齿咬得格格地响，你在说谎，婊子养的东西，你别以为我瞎了就不知道你在干什么坏事，你满脑子都是那脏事对吧？有个老婆嫌碍事，你就三个巴掌把人家打跑了，怪不得你死活不肯去小蒋家认错，原来是想干这个！马骏从父亲的身体反应中就知道大事不好，马恒大又浑身颤抖起来，他看见父亲举起了巴掌，就自动地把脸部迎过去，这也是一瞬间的事情，马骏甚至来不及回顾事情的起因，他的脸部就挨到了沉重的一击，马骏没能辩解。马恒大现在像是一个打出最后一颗子弹的士兵，摸着胸口大叫了一声，胸口疼！然后他的头部就歪倒在儿子身上了。

这次马恒大在医院里观察了三个小时。医生说他心血管没有什么问题，这让马骏松了一口气，他最担心的就是冠心病脑溢血之类的麻烦。马骏问医生，那我父亲怎么会晕倒呢？人真的会气晕吗？医生还是用那种科学的态度说，年老体弱的人情绪不能过于激动，太激动了发生休克也算正常。马骏回过头扫了一眼病床上的马恒大，嘀咕道，没人让他激动，是他自己喜欢激动啊。

马家父子回家的时候，让邻居们看见了，邻居们都围上来嘘寒问暖的，问马恒大得了什么病。马恒大反问道，我得什么病了？邻居们都知道马恒大是个迷信的人，从来不提什么病啊死啊这类字眼。他们就问马骏，大头你爸爸怎么啦？这就是他们不知趣了，他们就看不见马骏满脸冰霜的表情。马骏向这些好事的邻居说，走开，走开，你们喜欢病人？你们羡慕病人？那明天让你们一人得一份艾滋病！邻居们这还不翻脸？渐渐地散开了。那边马恒大却对儿子的态度很不满，他说，你就不会好好说点人话？一张嘴就是臭气，你长的是人嘴啊？马恒大当众将儿子训了一顿，似乎是为了做出某种弥补，对着众人大声披露了另一个次要的病情。他说，谢谢你们关心我，我没什么病，就是大便干燥，拉不出来呀！

马骏知道父亲要面子，他要是觉得那件事情是家丑，那谁来打听也没用，但马骏知道父亲不会轻易地饶过他，用小时候的惩罚标准来衡量，他是数罪并罚，几乎是需要逃亡国外的处境了。他知道回家以后一场艰巨的审判在等待他，这次要挨多少巴掌呢？马骏心中无数，但他突然想起在医院急诊室里见到的一个烧伤病人，他的脸上涂满了一种黄色的药膏，那种药膏肯定是止疼护肤的。马骏在搀扶父亲进家门的时候脑子里就想着这件事情,他想假如用搽脸的百雀羚涂在脸上,功效大概是差不多的,以前怎么就没想到在脸上搽点东西保护一下呢?

但是马骏没想到父亲也会对家法进行改革,他搽了厚厚的一层百雀羚准备迎接他的巴掌,马恒大却说,大头你给我跪下。马骏说,怎么了,你不打我巴掌?马恒大说,我让你气得只剩下半口气了,没有力气了。这次算便宜了你。马骏有点窃喜,但嘴上说,跪着算什么,还不如挨巴掌痛快。马恒大说,别跟我讨价还价的,让你跪你就跪。马骏问,跪哪儿?马恒大说,跪在你妈妈的照片前,让她也看看,她生出个什么东西来。马骏这时候想耍滑头,他跺了一下地面,说,我跪下了,你让我跪几分钟?马恒大说,几分钟?几分钟你就能认清自己的问题了?跪那儿别动,看着你妈妈,我都懒得听你的检讨了,跟你妈妈说去!马恒大用拐杖捅了捅儿子,一下就捅出了疑问。他骂起来,婊子养的东西,你敢跟我耍滑头?跪下,跪下!马骏这下不敢怠慢,赶紧说,我跪我跪,爸爸你千万别再生气。马骏那天也不知怎么的,一心要占点小便宜,跪下的时候顺势从椅子上拿了个棉垫子放在膝盖下面。马恒大却吃一堑长一智,拐杖探过来一扫,扫到了棉垫子,于是马骏的后背上挨了父亲一拐杖。马恒大说,婊子养的东西,让你跪就便宜你了,你还歪门邪道地要跪得舒服!

后来马骏就一直跪在地上,起初他还安慰自己,权当是做瑜伽锻炼身体了,起初他觉得墙上的亡母正用同情的目光看着他,说,儿了,跪就跪吧,忍着点吧,谁让你是马恒大的儿子呢。但渐渐地马骏觉得母亲的表情生动了，母亲的嘴唇微微张开着，一直重复着一个单调的音节，快跑，快跑，快跑。马骏回头看了看父亲，父亲坐在藤椅上，他在闭目养神，但你要是觉得可以因此弄虚作假就错了，他虽然是盲人，更多的时候却比别人多了几双眼睛。马骏就烦躁地对母亲的遗像说，什么快跑快跑的，也得有个地方跑啊，你倒是跑了，我往哪里跑？马骏跪得很难受，他轻轻地调整了一下跪姿，也就是半跪半站着，幸而这次马恒大没有注意。马骏实在无聊，就试着打个盹，他闭起眼睛，耳朵里灌满了不远处冷玉珍一家唱卡拉OK的声音，那一家三口唱得很卖力，可是马骏一句也没听明白，他的眼前再次出现了许多年前的一个奇妙的幻象，他看见他母亲拉着一辆板车向天堂一路奔去，一路对自己喊着，快跑，快跑。马骏记得母亲去世的那天夜里他第一次看见了这幕母亲升天图，没想到二十年以后他又看见了亡母的形象，拉着板车上天堂的母亲，嘴里还嚷嚷着快跑快跑快跑！

就是那天马骏感到了恐惧，他觉得母亲不该如此出现在他的幻觉里。他想，你这是什么意思呀，难道你要让我跟你一样，拉上板车就往天堂跑吗？我去天堂倒是舒服了，也就是丢下国际海鲜城的新工作，可是瞎老头怎么办马帅怎么办？马骏感到了恐惧，他想母亲大人你是我母亲啊，怎么能给我出这种主意，世界上那么多人活得不好，要都这么一跑了之，地球就变成月球了！

只有马骏自己知道他现有的名声是顶着多大的压力获得的，如今许多自以为是饮酒界知名人士的人来到国际海鲜城，为的就是要与马骏一比高低。那么多人，像是瞻仰名胜古迹一样来到国际海鲜城，嚷嚷着要马骏出场陪酒。表弟心里乐开了花，这个家伙就是天生一个奸商，说好内部陪酒不收费的，他却见利忘义，悄悄地往人家的账单上添了一笔服务费。

马骏不说什么，他只管喝酒。他知道自己的事业目前正在如日中天的时期，但我们介绍过马骏，他不是一个盲目乐观的笨蛋，他对自己的现状有清醒的认识。正如他熟悉的一些国内外的足球运动员，今年还是什么足球先生，明年受个伤或者来个状态低迷什么的，立刻就一钱不值了，再赖在场子里，看上去就像个足球妓女了。马骏不说什么，他喝酒的时候看上去像是心事重重的，他的与人交流的词汇非常贫乏，多半是你半杯我一杯，你随意我见底之类的，最多是学着别人说一个关于性关于房事的段子。这么沉闷的陪酒方法起初也让人不习惯，但客人们细细一想，这才是货真价实的陪酒，不像外面流行的那些三陪小姐，干的是挂羊头卖狗肉的勾当。表弟当然是希望马骏百尺竿头更进一步，他曾经想训练马骏的微笑，被马骏拒绝了。马骏说，我天生就是不会笑的脸，你让我笑也可以，不过我只会冷笑，把客人吓跑了你别怪我！马骏从不向客人微笑，他只管喝酒，这种酒风被许多人形容为酷。有个台湾来的林老板，他就对马骏欣赏极了，前面说了，马骏的一斤六两的纪录就是在林老板的配合下创造的，就是这个林老板。当他打听到马骏刚刚离婚，性生活方面青黄不接的时候，他立刻要他的漂亮的女秘书去隔壁的包间让马骏解决一下，当然马骏没去，女秘书半真半假地拉他的手，他也不去。马骏就是马骏，他不干这种没有廉耻的事。

马骏最近以来觉得酒量在逐渐下降，他怀疑这与父亲大闹海鲜城事件有关。吐一次就有第二次，马骏一直害怕这第二次。人都是这样，你心里犯嘀咕水平就发挥不出来，所以马骏有几天只喝八两。客人们都说马骏成了名开始耍大腕了，陪酒时总是一副保存实力的样子。马骏不作什么辩解，只说，最近状态不好，下次一定好好喝。这让表弟很焦急，他把一堆氟哌酸、胃复安塞给马骏，说，胃不好一定得吃药，这样下去影响你的酒量啊。马骏一眼就看穿表弟的关心其实是自私，但他忍着没有骂人，他说，我的胃没问题，就是怕我爸爸，怕他又闯来丢我的脸。表弟摇着头，看来他对马骏的忧虑是理解的，但紧接着他一句话把马骏惹毛了。他说，摊上这么个瞎老头算你倒霉，不过他七十多了，哪天他一走你就可以放开喝了，他妈的，喝个三斤给他们看看！马骏张嘴就骂起来，他说小黑卵我操你妈，你说的是人话？他再讨厌也是你的亲舅舅，你他妈的就这么咒他？表弟听他骂人也不示弱，说，我不是人你就是人？你操我妈？我妈是谁？她是你亲姑妈，你要操她，我今天带你回去操！马骏与表弟拌嘴也不是头一次，好几次他都想一巴掌过去，每次都在最后关头冷静了下来。这次马骏是恶向胆边生，他站起来向表弟亮出了粗大的巴掌，正要打过去，听见表弟大喊一声，保安，保安！马骏一回头手就放下来了，那声音提醒他表弟不仅是表弟，也是他的老板，是赫赫有名的国际海鲜城的总经理，并不是说总经理就打不得，饮水思源，他马骏就是打遍了世上的每一个总经理，表弟这个总经理他不能打！马骏充满歉意地看着表弟，说，没事了，我不打你，我也不怪你了。表弟却不领这份情，他愤怒地说，你不怪我我怪你，大头你别以为能喝几口就怎么样了，中国那么多人口，喝酒的人才多的是，别尾巴翘到天上去，我知道你马大头的能耐！

二十岁开始就有人指着马骏鼻子训他，批评他，教育他，有的是他领导，有的谈不上是领导，只是个班组长党团员什么的，有的连党团员都不是，只是年长几岁，他们都试图拿马骏当靶子，一试才知道马骏不是他们的靶子，简直是石头，子弹全反弹到自己身上了，马骏没犯错误嘴硬，就是犯了错误也不含糊。他就是这个脾气，我把糖看成盐，看错了，又怎么样？你他妈的从来不走眼？马骏把那些企图训斥他的人骂一通，让所有的人都明白，你不是马骏他爹，你没有资格骂他。马骏没想到他被表弟羞辱了一顿，更没想到他的巴掌痒得那么厉害，最后却被理智控制了，只是用左手在右手掌心挠了几下。马骏嘴里骂着什么，虽然骂得很脏，但完全失去了方向，就这样他甩了门，走到海鲜城外面，看见蒋碧丽蹬着个小三轮车迎面过来了。

马骏心情不好，他没来得及琢磨蒋碧丽此行的目的，张嘴就说，你来干什么？回去，回去！蒋碧丽当他是自说自话，看都不看他一眼，下了小三轮，从车上拿下一箱子什么酒，走上了海鲜城的台阶。马骏看着她肩上的一只仿皮皮包趾高气扬地晃悠着，一双高跟皮鞋在台阶上小心地移动着，那身行头，都是他们以前一起在夜市上买的，马骏的内心突然洋溢起一种复杂的温情。他跟着她走了几步，说，喂，喂，你来干什么？你拿着一箱子酒干什么？蒋碧丽头也不回，说，别自作多情，我不是找你，我找小虎。蒋碧丽这种口气使马骏一下子又沉浸在恶劣的情绪中，他打量了一下前妻，说，这种模样还找这个找那个呢，化妆化得像个鸡婆。蒋碧丽猛地回过头，说，我做鸡婆也不找你，你一边站着去。

　　论嘴皮子打仗马骏不是前妻的对手，马骏深知这一点。蒋碧丽什么都不怕，就是怕他的巴掌，但现在人家不是他媳妇，他不能再向他亮巴掌了。马骏站到一边去，冷眼看着蒋碧丽。蒋碧丽在楼梯口东张西望的，她拉着一个服务员让她去找小虎，尽管她操起时髦的广东口音的普通话，势利的服务员轻蔑地瞟一眼她手里的箱子，还是认清了她的本质，该不理的就是不理。马骏有点幸灾乐祸，他让蒋碧丽看到了自己的这种表情，然后君子大度地向楼梯上一指，说，上楼去吧，右手第二间办公室。

　　马骏没有想到蒋碧丽会跑到这里来推销什么白酒。他想女人的头脑就是蹊跷，跑到这里来做这种事，是说明她离婚找到了机遇，还是离婚离掉了经济支柱？再说，一个女人懂什么酒，不懂酒怎么能推销白酒？马骏这样想着有点心神不定，他

驯子记　　143

心情不好，不想管前妻的闲事，但不知怎么脚步就向楼上走去了。上了楼他差点与蒋碧丽撞个满怀，原来小虎让蒋碧丽在外面等着，他在办公室里和厨师在商量新菜谱。蒋碧丽这次主动先说话，她说，小虎在里面弄菜谱，马上就好了。马骏冷笑一声，向洗手间走。他的态度让蒋碧丽感到难堪，猛地扭过头，表示她并不想和他说话。马骏站在洗手间门口，突然觉得自己不必装出上厕所的样子，就重重地拍了下门，说，怎么啦，卷走我五千块钱，都输光了？推销几瓶酒能赚几个钱，不如去当按摩女郎呢，一晚上能挣一千，够你打十天牌！

蒋碧丽说，少给我放屁，我做按摩女郎也不干你的事。她还站在办公室门口，眼巴巴地等着门打开。

马骏又拍了下洗手间的门，说，以为你离开我就前途一片光明呢，你的前途就是上这儿推销白酒啊？打你几巴掌你就受不了，低三下四地跑到这里来，连服务员都不拿你当个菜，你倒受得了？

蒋碧丽说，少给我放屁，你有屁进厕所去放，我不听。

蒋碧丽上去推了一下门，她的意思很明显，让里面的小虎快点放她进去，但里面的人却把虚掩的门关上了。马骏注意到蒋碧丽的窘迫的表情，为了提醒他看到了那扇门的动静，他故意咳嗽了一声。

马骏说，现在知道了吧，还是打牌快活，出来卖什么都不好卖，就是当鸡婆现在都有竞争，还是回去打牌好，没钱我借你，你要借多少？

蒋碧丽再也沉不住气了，她拿起走廊上的一把扫帚，向马骏这边扔过来，然后捏起拳头开始砸办公室的门。马骏看见表弟从里面冲出来，一脸愠怒之色，他说，你着什么急？不是让你等一会儿吗？蒋碧丽涨红了脸，向马骏那边瞪了一眼说，都是他呀，你没听见那婊子养的嘴里说些什么！

马骏看到表弟很勉强地把蒋碧丽引进了办公室，他几乎预见了事情的结局。马骏心情不好，他走下楼梯时说，谈吧，谈吧，谈个狗屁！一只白眼狼，一只中山狼，谈什么生意！马骏还没有走下楼梯就听见办公室里面吵起来了，他听见蒋碧丽说，人一阔脸就变，你把我当要饭的打发呀？要两瓶，要两瓶，亏你说得出口！蒋碧丽的声音越来越高，引得楼下的服务员都停下手里的活，到楼梯边来了。蒋碧丽说，你想想当年落魄时是什么熊样？你倒煤炭亏了本，让人追得到处跑，是我让你在我家躲了三天，供你吃供你喝，我还让马骏借给你五百块钱！马骏听到这儿又冷笑了一声，他想事情是确凿有据的，不过女人就是喜欢把美德揽在自己身上，他记得当初那五百块钱借给表弟，蒋碧丽天天嘀咕，还挨了他一巴掌。马骏想女人就是这种狗屁脾气，谈生意就谈生意，端出这些陈芝麻烂谷子有什么用？马骏对表弟虽然也一肚子意见，但他更不能容忍前妻的这种作风，他决定要干涉这件事情，几步冲到了楼上，恰好看见蒋碧丽端着那箱子酒从里面撞出来了。马骏没想到前妻这么没出息，白酒没能推销掉她就哭鼻子了。蒋碧丽哭了，一边哭一边还在忏悔，她说，去他妈的，跑这儿来丢人现眼，老娘就是饿死也不向你们叫救命了!

马骏对前妻的人格是最熟悉的,以前妻子的刚烈对他来说是火上浇油,现在却不同,马骏突然觉得他对前妻最终的表现充满敬意。他看见那只仿皮皮包从眼前愤怒地掠过,皮包拉链不知怎么打开了,里面露出一把旧自动雨伞,马骏的手就冲动地伸出去,想替前妻把皮包拉链拉好。但蒋碧丽回过头,几乎是用全身的力气打掉了他的手。蒋碧丽向他瞪着一双泪眼说,别碰我,滚一边去!

马骏看到服务员们好奇的眼神,他们大概在猜测他和蒋碧丽的关系。那个善良的小环盯着他,似乎在等待他的反应。但马骏什么反应也没有,他对围观的人说,闪开,闪开,这有什么可看的。马骏一路把人推开,自己跟着蒋碧丽走了出去。他说,你慢点呀,一箱子酒很沉,我替你搬一下没关系,夫妻一场嘛。蒋碧丽说,滚开,别碰我!马骏说,谁要碰你?我是帮你搬酒。蒋碧丽还是说,滚开,滚开,你是狗啊?狗才这么跟着人!马骏最恨她不识好歹的样子,他的火气说来就来,跳到前妻的面前,卷起袖子,说,不识好歹的东西,你欠揍?蒋碧丽这下站住了,她没有想到马骏在离婚以后还要对她动武,岂有此理!极度的义愤使蒋碧丽脸色煞白,她把箱子放在地上,她说好呀马骏马大头,你还要打我?还要打我?打呀打呀!今天你不打就不是人养的!马骏瞪着前妻,说,不知好歹的东西,不打你打谁?但马骏的眼神中有一丝犹豫,或许他认识到现在已经失去了这个义务和权利。他的犹豫逃不出蒋碧丽的眼睛，正应了游击战的一句战术术语，敌退我进，敌驻我扰，蒋碧丽抓住时机，该出手时就出手，她尖叫一声，你不打我我打你！随后蒋碧丽抡起右手，以迅雷不及掩耳之势，向轻敌的马骏打了一巴掌。

现在让我们来讨论蒋碧丽的那一巴掌。那一巴掌把马骏打得七窍生烟鼻血直流，证明女人的腕力也不容轻视，况且从来都挨打的人一旦有了反击的机会，她会很珍惜，机会难得，你要能够把握，所以蒋碧丽那巴掌非常讲究质量。在她听见沉重而清脆的回响之后，蒋碧丽还顺手牵羊袭击了马骏的鼻子，其实这才是马骏后来鼻血不止的真正原因。

也许这是马骏生命之光最暗淡的一天，他后来坐在国际海鲜城的台阶上，用手指将流出的鼻血都涂在了台阶上，这时候蒋碧丽已经仓皇逃离现场。事情发生之后，马骏仍然不能相信，他被前妻打了。是他马骏被蒋碧丽打了。搬运工正从冷冻车上把一箱箱鲜鱼活虾搬下来，基围虾、九节虾、濑尿虾、大龙虾、青蟹、膏蟹、肉蟹、石斑鱼、加州鲈鱼、皇帝鱼，这些东西在水中活蹦乱跳的，似乎是前来参加一场鱼虾解放的庆典。马骏在确信鼻血被全部清除之后走上台阶，他看见善良的小环姑娘拿着一沓餐巾纸等在门口，她的眼睛里充满了对陪酒员马骏新一轮的同情和怜悯，马骏心想这是个好姑娘，可她为什么运气那么差，看见的都是别人打他巴掌？他一生中打了多少人的巴掌？他的巴掌令许多香椿树街人印象深刻，可她就是没有这个眼福。马骏没有去接小环姑娘的餐巾纸，他用一种公事公办的口气对小环说，告诉总经理，我回家了，我要休息三天。

一个人假如心情不好，派他去战场杀敌人是最好的去处。满腔怒火见敌就杀，这是战斗英雄们的基本素质。马骏最近在香椿树街的表现引起了邻居们的诟骂，马帅和人家小孩打架，明明是马帅不对，马骏居然打了人家孩子一个耳光。做大人的就吵到马恒大那里，马恒大病歪歪地主持正义，说，最近那混账东西不干人事，屁眼里塞了炸药，你们给我打听一下，现在边境打不打仗，要是打仗我就把他送去，让他为国捐躯，也算死出个名堂。

邻居们其实同意马恒大对马骏的安排，可是现在正逢太平盛世，哪里有仗打？总不能为了个马骏，就去发动什么战争吧。马骏在家休息的三天分别与王小六兄弟、刘群、一个过路人、一个弹棉花的、一个建筑工地的民工发生口角，没有发展到斗殴，不是马骏讲文明的缘故，是人家被马骏眉眼之间的杀气征服了。这个世界就这么回事，就像一些小国弱国虽然也要尊严，却免不了要去舔舔美国的屁股。就说王小三，马骏把他骂得狗血喷头的，他却对马骏说，你爸爸还托我给你找工作呢，我本来是想替你往合资企业活动活动的，可你这种狗屁脾气，去合资企业，不用半天就让人家炒鱿鱼了！马骏觉得很好笑，他想父亲是老糊涂了，他马骏再没能耐也不用王小三帮忙。马骏说，去你妈的，有好工作你自己用吧。马骏在家三天才知道父亲对他的现状是多么操心。他在小乐天餐馆门口遇见老板娘，老板娘拉着他说要和他谈谈，一谈就知道又是马恒大在背后关心儿子的前途。老板娘说，你爸爸说你做淮扬菜有一套，我这儿正好有肉酱，你做个狮子头试验一下，我一看就知道你手艺了。马骏说，拿人肉酱来，我给你做个人肉狮子头！马骏在浴室里遇见了凤鸣楼的同事小钱，小钱一见他就说，马骏你什么时候回来呀？马骏被他问得摸不着头脑，反问道，回哪儿？小钱的表情大有指责马骏不是好马尽吃回头草的意味，他说，你还瞒我？你家瞎老头快要把主任工作做通了，老头也可怜，一把鼻涕一把眼泪，还送了主任两条香烟，主任说考虑考虑了，考虑考虑是什么意思你还不懂？马骏一气之下骂的还是脏话，考虑你妈个（省略一字）！

马骏没有心思洗澡，他在心里痛骂父亲，怪不得便秘了，不便秘才怪。马骏大步走出浴室，对售票处的人说，退票退票，老子今天不洗了。这时候他听见一个声音在后面说，马大头，还以为你现在有修养了呢，怎么还是满嘴枪药！马骏回头一看，是冷玉珍刚从女浴室出来。马骏不理她，他讨厌所有打麻将的女人，冷玉珍又曾是蒋碧丽的搭档，尤其招他恨。马骏只顾向前走，冷玉珍却尾随着他，说，马大头还躲着我呀，没见过你这种人，求人还给人冷脸看。马骏说，你有病，我求你什么事了？冷玉珍嗤地一笑，你马骏也会来这一套？你不是一向光明正大的嘛，你不是想和蒋碧丽复婚吗？你爸爸不是求我去说情吗？马骏这次傻眼了，下意识地摸了下自己的鼻子。他努力镇定自己的情绪,问冷玉珍,复婚?跟蒋碧丽?冷玉珍说,当然是跟蒋碧丽,不跟她跟谁,你不就结了这一次婚嘛。马骏点着头,又问,是我爸爸找你说这事的?冷玉珍说,是啊,我本来不会管你家的闲事,看老头太可怜了,才答应去试试。这么着,你也别太急了,我约蒋碧丽后天打牌,先试探试探,她要露出什么口风我再告诉你。马骏觉得自己的脸一点一点地红了起来,他注意到冷玉珍闪闪烁烁的眼神,那是自以为强者的人面对弱者常有的眼神。马骏气得满面通红,咬着牙说了那句气话,是瞎老头找你的,让他跟蒋碧丽复婚去!冷玉珍目瞪口呆,她说大头你说这话算个人吗,你把老头的好心当驴肝肺呀!马骏却不与她理论了,马骏像一匹真正的马尥蹶子了,一头钻出了浴室。

马骏气坏了。他从浴室急匆匆地往家跑,沿途碍他手脚的事物都遭了殃。电话亭的有机玻璃被他一拳打出一条裂缝,谁家晾在外面的腌菜被他顺手掀翻在地,郭家的男孩在路上玩,挡了他的路,就被他一巴掌打掉了帽子。看马骏的样子是要回去行凶的,看那样子他是要回去把老瞎子收拾了。有人说马骏这种人什么事都能干出来,一些稍通文墨的人这时就开始卖弄学识,说古往今来世界各地都有儿子杀老子的事例,民间说法叫个夺宫,洋人说法就是宫廷政变。那么让我们跟着马骏回家,看看他的政变是什么架势。

马骏一脚把门踹开了。他看见马恒大从藤椅上跳了起来,谁?什么人?这是马恒大觉得来者不善时特有的说话方式。马骏却不说话，他明知不说话没用，父亲在最初的惊慌过后能辨别他的身份，他用鼻子能闻出马骏的气味，想扮成上门抢劫的强盗都不行。马骏不说话，他用愤怒的目光看着盲人父亲，可是你知道他假如用目光表示愤怒是徒劳的，马恒大是盲人，视觉印象一向忽略不计。他很快辨认出站在门口的坏人是马骏，马恒大就骂起来，你的手呢？用脚踹门？婊子养的，你的手丢了？马骏站在门口，他想他今天就要试试不孝的滋味，你不让我用脚，我偏用脚，这么想着马骏一抬腿就把门又踢上了。他倚着门，不说话，仍然用目光威胁马恒大。马恒大自然无视儿子的威胁，说，好啊，昨天在家一天没放个屁出来，今天跟我来掏刀子了？马骏看了看自己的手，手里什么也没有，他不知道父亲凭什么诬赖他持刀行凶。马恒大说，婊子养的东西，我就看得出你这一阵要造反，你站在那里干什么？手里拿着刀吗？拿着就过来，给我一刀，我就再不管你的事了。马骏不说话，他对父亲敏锐准确的判断力感到震惊，他怎么知道我要造反？他想这老瞎子简直是他肚子里的蛔虫，他怎么什么都知道呢？马骏向父亲那里走了几步，这时候他听见墙上的母亲在叮嘱他，快跑快跑。马骏不听母亲的，他心里说，跑什么跑？我今天就是不跑。马骏现在站在父亲面前，他愤怒地看着父亲眼角上的一层白翳，看着他的黑色的豆子般的老人斑。马骏的头脑中一片空白，这时他才意识到自己不知道该干什么，他以为自己回家来是找父亲算账的，但到了他面前才知道他不知如何向他算账。他回头再次看了看母亲的遗像，母亲还在那里向他使眼色，儿子，快跑，快跑！但马骏不想跑。不知过了多久，马骏觉得这么僵持着没有意义，更重要的是他觉得自己不孝的勇气随着时间的流逝正在一点点地消失，于是他利用残存的一点愤怒推了推父亲的肩膀，大叫道，爸爸我求求你，别来管我的事情！

马骏推的是马恒大的肩膀。他用手指的上半部分那么推了一下，却听见父亲的骨骼发出了一种碎裂声，他看见父亲惊愕地张大了嘴，他说，好，你用刀子捅我！捅我？狗杂种用刀子来捅我啦！马骏急眼了，他不知道父亲为什么口口声声捏造刀子的存在。马骏说，爸爸你别冤枉人，我没有刀子！马骏一着急就去抓父亲的手，他说，不信你自己摸，哪来的刀子，我怎么会用刀子捅你？马恒大的身子向后面仰，靠到了墙上，他说，我儿子用刀子来捅我，好，好，我马恒大没有白生这个儿子，这个儿子有种！然后马骏听见父亲突然叫了一声母亲的名字，他说，萧菊花，你看你生的好儿子呀，他要用刀子来捅我，捅我！马骏循声看了一眼母亲的遗像，他觉得母亲皱起了眉头。马骏手足无措，失声大叫起来，爸爸你住嘴，求求你住嘴，我没有刀子，没有刀子就是没有刀子，你再这么嚷嚷就让邻居听见了。马恒大口吐白沫，说，听见了也好，让他们知道我是怎么死的，我也死个明白。马骏拿起桌上的抹布为父亲擦去嘴角上的白沫，马恒大冰冷的皮肤让他感到一丝不祥的气息。马骏感到害怕，他犹豫了一下，突然重重地跪在地上，爸爸是我不好。马骏拿过父亲的一只手，放在自己的脸颊上，说，爸爸，你打吧，打多少下都行。但是马恒大的手在儿子脸上停留了一下就移开了，这一刹那马骏发现父亲确实是老了，他的手就像一片枯叶，失去了水分，也失去了力量。

马恒大说，打你脏了我的手，自己打自己吧。

马骏没有预料到父亲会采用这种消极的方法，他努力从父亲的表情中分辨这个命令的严肃性，看出父亲是当真的，他就问，自己打？打几个？

马恒大说，你看着办。我不会替你数数的。

马骏又问，跪着打？

马恒大冷笑一声，说，你配站着吗？

马骏于是把刚刚抬起的膝盖又放下了，长痛不如短痛，马骏采取速战速决的方法打了自己二十个巴掌，当然马骏对此是有研究的，大多数巴掌是打在自己的额头上，听上去很响亮，但额头抗击性强，并不是太疼。

三天之后，马骏回到国际海鲜城，发现他的处境已经有了微妙的变化。他在楼下遇见正在拖地的小环姑娘，小环姑娘看见他就舒了一口气，好像一个班长看见自己手下的逃兵回到了兵营。你可回来了，她向楼上撇撇嘴说，又来一个陪酒员啦。

马骏没有在意小环透露的信息，他还是一味地以海鲜城骨干成员的步态上了楼。才离开三天，他没有想到如今的时代三天要发生多少改朝换代的事情。马骏上了楼，看见他经常坐的沙发上坐着一个面有酒色的青年，他就对人家说，你是厨房里的？怎么在这儿坐着？下楼干活去！那个青年倒有修养，微笑着反问马骏，你就是马骏吧？问了却不等马骏回答，站起来握着马骏的手说，我是新来的陪酒员，我们是同行。马骏这人应变能力差一些，他明明听见了对方的自我介绍，还在问人家，你到底是哪儿的？这时候表弟来了，表弟正式地为双方做了介绍，说，以后陪酒生意要靠你们精诚合作了，两个人的力量肯定比一个人强。马骏这人你是知道的，不高兴的时候装不出笑脸，他就那么瞪着新来的陪酒员，瞪着表弟，突然鼻孔里哼了一声，转身就往办公室里跑。表弟跟了进来。表弟何等精明的人，知道马骏的感受，就用手搭着他的肩膀说，你也别怪我不跟你商量，你他妈一甩手就走了三天，我怎么办？这小王人不错，酒量也有个一斤半左右，而且人家还有大专文凭呢。马骏不说话，马骏真生气的时候就不说话了，他坐在表弟的转椅上，转了一圈，又转了一圈，然后怪笑了一声，什么大专文凭？不是喝酒的大专文凭吧？

那天马骏的举止言行都不太正常，他路过台球桌旁边，看见祝天祥他们在打台球，就站住了，看他们打球。马骏的台球打得不错，祝天祥这样的水平他看不上眼，看不上眼就在鼻孔里发出轻蔑的声音。祝天祥是海鲜城的老客人了，跟马骏很熟，他说，马骏我知道你打得好，指导指导嘛。马骏说，我指导了你，你就打得比我好了，我图什么？祝天祥笑起来，说，马骏你他妈怎么回事，说这种小家子气的话。马骏绷着脸，站在一边看，看就看了，嘴里突然冒出一句，这么臭还打，打得人心烦。祝天祥说，嫌烦滚一边去，谁要你看？马骏就走了。马骏一走，祝天祥他们继续打，也怪他们水平低，打了半天才发现八号球没了。旁边一个女服务员捂着嘴笑，说那球让马骏拿走了。

马骏在晚市来临之前去了一趟蒋碧丽家。去蒋家干什么？你怎么也猜不到，他是去搬蒋碧丽的如意发财酒了。蒋碧丽不在家，她母亲和弟弟在家，都是对马骏抱有成见的人，摆出两张冷脸说，马帅不在，你来干什么？马骏说，我来搬她的酒。马骏就是习惯交代行为而省略行为的目的，前岳母立刻尖叫起来，说，你凭什么搬她的酒？你们现在是同志关系！马骏就是不肯说他为她推销这些酒，他擅自闯进房间，去床底下拉出一箱子如意发财酒来。前小舅子进来，都是男人，自然就拉扯起来，眼看要打起来，马骏突然大吼一声，你们都是猪脑子啊？明天让碧丽来拿钱！马骏扛着那箱子酒走到门边，看着蒋家母子面面相觑的样子，嘴里还不依不饶，补上一句：猪脑子。然后他从口袋里掏出那只台球来，扔在地上，说，马帅回来让他玩这个！

马骏扛着那箱子酒回到海鲜城，表弟严厉地看着他说，大头你少给我来这一套，我这里做生意，不做好人好事。马骏只管把如意发财酒一瓶瓶地放在陈列架上，说，你只管赚你的钱，让你一瓶赚八十块！表弟说，我就知道你会胡来，我这里讲信誉，这种酒不能拿给客人喝。马骏说，你懂什么好酒什么坏酒，喝下去不死人的都是好酒。你忙你的去，这里有我。表弟当时确实很忙，他不再和马骏费口舌，对楼下的领班说，等会儿全部撤下来！看也不看马骏就跑上楼，忙他的事情去了。

马骏这人很要面子，这我们大家都清楚不过。表弟当众拆他的台，他一定要下这个台阶，具体来说你表弟不让喝这个酒，那我马骏今天无论怎样，这种酒是喝定了。

楼下的领班后来向总经理反映，他把那些来历不明的酒撤下了陈列架，马骏威胁要打他，后来没打是祝天祥他们在楼上叫马骏去陪酒，马骏就抱着那箱子酒上楼去了，此事与他不相干。这也是事实，那天与马骏一起喝如意发财酒的祝天祥也说，马骏是自己抱着那箱酒进白云厅的，他那天有点反常，一进来就说，今天一醉方休，谁要是醒着出门谁就不是人养的。

白云厅就是马骏他们那天出事的现场。喝酒的有四个客人，做盗版书发了财的祝天祥，卖五金阀门的小王，开出租的小狗，还有小狗的一个朋友。祝天祥对酒是讲究的，他打量了一眼马骏手里的酒，说，这什么东西！不喝这个，还是喝五粮液。马骏向祝天祥瞪了下眼睛，马骏似乎想说什么，我们可以猜出他想说帮我前妻个忙帮她忙就算帮我忙之类的话，但马骏就是马骏，他哪是低声下气求人的人？他瞪着财大气粗的祝天祥，说出的话也与他的预谋毫无关系，他说，姓祝的你少给我甩大卵子，你怎么知道这酒就不如五粮液？今天就喝这酒，酒钱是我出，喝什么我做主。那天白云厅里的客人都是马骏从小认识的人，所以马骏这种作风他们也不见怪。闲话少说，来大杯，满上。闲话少说，屁也不放，一人先下半杯。不喝你在这儿干什么，滚回家抱老婆去。他们这种关系就是这种喝法，只是所有人都觉得马骏的表现有点反常，祝天祥当时就觉得马骏有借酒撒疯的嫌疑。他当时就警告马骏，说，大头你可是专业人士，有什么心事别拿酒来撒气。马骏说，我有什么狗屁心事？我除了喝酒，还是喝酒，我的心都掉马桶里让水冲走了，哪儿来的心事？你他妈真是抬举我了。马骏越是这么说，祝天祥他们越是觉得这酒喝得蹊跷，加上那种来历不明的发财酒口感很怪，他们都不肯多喝。马骏发现了酒友们的抗拒，他说，你们坐在这儿锻炼屁股？今天是我买酒，我不是告诉你们了吗，喝啊快喝啊！小狗说了句实话，这酒不好喝，你非要喝这个就自己喝吧。小王在旁边帮腔说，操，今天你不是陪酒员，我们成了陪酒员，是我们在陪你喝。马骏盯着小狗，所有人都觉得他的眼神有点不正常，果然他们的预感被证实了，马骏竟然打了小狗一个巴掌。马骏收回他的巴掌时，嘴里的骂声突然喷涌而出，小狗你算个什么人物，马骏请你喝酒你敢不喝？小狗被打懵了，很快反应过来，拿了一瓶酒就去砸马骏的头，被祝天祥和小王拦住了。祝天祥说，他心情不好，你别跟他一般计较。小狗说，他心情不好关我屁事？凭什么打我巴掌？小狗说得在理，小王又在一边帮腔，说，大头你他妈的太过分，心情不好找政府，也不能拿朋友撒气。谁也没想到马骏那会儿变成了一条疯狗，谁惹他咬谁，谁能想到他一挥手给小王也来了个巴掌，他说，你他妈是什么朋友？我到你店里买水龙头，三天就漏水，你还骗我是进口名牌，收了好多钱！这下子白云厅里就热闹了,本来在喝酒的人扭成一团,祝天祥说他夹在里面,拉谁也拉不开,就扯起嗓子叫人来。这样马骏的表弟来了,保安也来了。表弟一来就明白是怎么回事,他指着马骏对保安说,上去把他拉走,轰出去。

马骏站在一张椅子上,他的脸色看上去有点灰白,估计与如意发财酒的品质有关。马骏这时也意识到酒是喝不下去了,他对祝天祥说,你们只管走,今天我埋单。几个保安有点犹豫,不敢上前拉扯马骏,他们对马骏说,你是喝多了,出去清醒清醒吧。他们这么说着,看了看表弟总经理,意思是怎么办,下不了手啊。表弟脸上是气极生悲的表情,他指着马骏说,马骏,我们亲戚一场,明天开始谁也别认识谁了,你自己走吧。马骏站在椅子上冲着表弟吼,走就走,你以为我马骏要靠你吃饭?马骏这么吼着,猛地发现自己是站在椅子上,多少有点滑稽,就跳下来,说,现在不走,我还得喝,你们走,走,都给我滚开。

表弟了解马骏,为了避免不必要的损失,他默许了马骏,带着祝天祥他们离开了白云厅。祝天祥说表弟领他们走进牡丹厅的时候说的话,准确地概括了马骏的现状。他说,扶不起的刘阿斗呀!

后来就出了这么件举世无双的事,陪酒员马骏一个人在白云厅喝酒,喝得愤怒,也喝得悲伤,他喝的就是后来知名度很高的如意发财酒。中途表弟推门看了看,看他没有恢复正常,没说话就走了。小环姑娘也推门看了看,她的眼神中充满了对这件怪事的疑虑。马骏向小环招手，小环不敢进去，站在门口说，马大哥你不能这样呀，你这是自毁前程。马骏仍然招手，还对自己的品德做了一番多余的表白，他说，你进来，我又不强奸你，我马骏从来不强奸女人。小环姑娘听他说话不中听了，掉头就走。前面说到小环姑娘与马骏本来隐藏着什么故事的，马骏这么一闹，人家姑娘也看透了马骏的真实面目，他们两个也发展不出什么感情了。而且我们要说清楚的是，那是小环姑娘最后一次看见马骏。谁想看他们的爱情故事，死了这条心。

马骏作为陪酒员最后的客人是他自己，这期间他的工作情况没有证人，我们无法描述。他在白云厅一共逗留了三个小时，除了上述两人推门看看，这三个小时是一段遗憾的空白。大家知道马骏喝酒是工作，所以他平时都把当天的酒量记录在员工卡上，八两就是八两，一斤就写一斤，但马骏那天没有记录他的工作量，这说明他还是有廉耻的。马骏摇晃着离开海鲜城后，人们通过地上桌上的空酒瓶统计出马骏的工作量，半斤装的空瓶，计有五个，说明已经超过二斤，是一个新的纪录，可惜是在那种情况下喝出来的，纪录便无效。

据海鲜城的一些员工反映，马骏离开的时间大约在夜里十点钟，马骏还对一个厨师说，这酒有点上头。他们看见马骏站在海鲜城门口拦出租车，有辆出租已经停在他身边了，但马骏恰好吐了起来，那狡猾的司机一见这架势就逃了。他们看见马骏向出租车做了一个毫无作用的手势，然后他就沿着人行道向前走，这一走就从同事们的视线里消失了。这些人当时还指着他的背影讥笑不止呢，他们不知道他们将永远失去饮酒界的传奇人物——马骏。

马骏为什么在那天夜里坚持着走到蒋碧丽家呢？这对我们香椿树街人来说是一道智力测试题。现在我们知道所谓的如意发财酒是用工业酒精兑制的了，善良的人们都推测马骏意识到酒有问题，说他是去告诉蒋碧丽这个消息，让她不要见钱眼开，去推销这种害人的酒。但事实不是这样，抛开我们常有的放马后炮的习惯，我们必须对蒋碧丽的证词洗耳恭听，蒋碧丽这女人虽然平时说话有夸张浪费的毛病，但在这件事情上她不敢，她说什么事实就是什么。

蒋碧丽听到敲门声时，正在为马帅洗袜子，她每逢周末把马帅接回家，让他体会母亲的细心，对比出马骏的不负责任——这不去说它，蒋碧丽打开门看见马骏靠在墙上，嘴里喷出一股冲鼻的酒味。蒋碧丽没有注意马骏青灰色的面色，也没有注意到他的呼吸当时已经非常急促，蒋碧丽快人快语，嚷嚷道，你走错家门了，滚回去。蒋碧丽始终不好意思把她的误会诉诸众人，她以为马骏是要重修旧好，又是替她推销酒，又是登门大献殷勤，蒋碧丽不吃这一套。她砰地把门一撞，觉得门被卡住了，再一看是马骏的手指头在作怪。蒋碧丽把他的手指扒开，正要再次关门的时候，想起了两个问题，其一，他的手指被这么一夹，怎么吭都不吭一声？其二，他去推销如意发财酒，有没有什么结果？蒋碧丽于是重新打开门，说，你今天灌了多少黄汤？蒋碧丽没有提到钱，这是她后来一直庆幸的，为什么？告诉你你也别皱眉头，不是蒋碧丽不爱提钱，是马骏突然扬起手打了蒋碧丽一个巴掌，一个最后的巴掌。蒋碧丽听见他用一种浑浊的声音骂她，没脑子的蠢货，你推销的是什么烂酒，尽往头上跑！蒋碧丽没来得及反击，并不是她变成一个逆来顺受的女性了，她是没有机会，马骏突然就倒在地上了，蒋碧丽看见他的嘴像一条鱼，吐出了许多小泡泡。

当时蒋碧丽对如意发财酒的毒性一无所知，她动员弟弟送马骏去医院，是本着救死扶伤的公民基本道德做说服工作的。她弟弟把前姐夫沉重的身体搬上了小三轮车，口口声声埋怨自己倒霉。蒋碧丽就火了，说，你就辛苦这一趟，大不了少睡一会儿，倒霉的是你老姐，是我！守着这人过了八年，好不容易离婚了，他还不放过我，还觍着脸要跟我复婚呢！

蒋碧丽姐弟把马骏抬到医院的时候，看见祝天祥被人搀扶着进了急诊室，她忙里偷闲四处观察了一遍，意外地发现她的交际其实很广泛，光是急诊室里的这些人她看着都面熟。蒋碧丽对她弟弟说，真见鬼了，今天在医院里碰到的都是熟面孔嘛。直到那天深夜，蒋碧丽还不知道她的罪孽，不知道她已经被牵扯进了轰动一时的东城毒酒案中。

惊动我们香椿树街的照例不是报纸上的关于毒酒的新闻，是我们生活中的两个熟人，马骏和他父亲马恒大——具体地说，马骏喝酒把性命丢掉已在人们意料之中，而马恒大在儿子的弥留之际赶到医院，差点就爬到儿子的病床上与他同归于尽，这种事情将永远是老人们甚至年轻人传颂的经典。

马恒大赶到医院，正逢马骏短暂的神志清醒的时间。马恒大是个盲人，看不见死神的大手已经按在儿子脸上，儿子的脸上是一片回光返照的绯红，马恒大不顾自己年迈体衰，一盲棍下去，准确地打在马骏的腹部。马骏没说什么，是护士尖叫起来，说，哪来的疯老头，跑到医院里来打病人？护士要撵马恒大，马恒大差点把护士小姐打了。他说，是我儿子，我打死他也不关你们的事！马骏安静地躺在那里，他说，是我爸爸，让他来。护士听马骏的意思是让他来打，将信将疑地退出去了。她一走，马恒大训子的最后时刻就来到了。

马恒大坐在马骏的床头，说，儿子你能耐大了，喝出世界纪录来了吧？联合国给你发奖章了吧？联合国不发奖章，党中央要给你发一块吧？你为国争光了嘛。马恒大说着去推马骏的脑袋，说，你躺这儿干什么？去领奖，起来去领奖，你领奖我也跟着沾光。马骏的脑袋被父亲推搡着，没有任何反抗的意思，急诊室里的人都看着他们。他们看见那个不讲理的瞎老头仰天长叹一声，说，你要是不想好好地活着就好好地死，中国那么多人，地方却不大，你死了权当给人挪个地方，也给人多留一点新鲜空气。令人同情的是马骏，马骏那么条汉子，让他父亲骂得狗血喷头，就是不还嘴呀，不仅不还嘴，还像个做错事的小姑娘那样眼泪汪汪的。他说话不是太清楚但大概的意思人们还是能分辨，他说，我是快死了，喝得不巧，喝坏了。五大三粗的汉子这么说话够可怜的了,马恒大却得理不让人,说,你什么时候死?马上就死了?你死了我就安心了。混账东西,你还赖在我面前干什么?要我替你合眼睛吗?马恒大这时伸出了他的愤怒的手,他的手落在马骏的双眉之间,正要压住儿子的双眼,突然就摸出了名堂,突然一声惊叫。我们要说马恒大的这只手是不同凡响的,只是那么粗暴的一触,他的不堪入耳的骂声就戛然而止。马恒大的手急切地沿着儿子的脖子、肩胛,摸到了儿子的胸口,大头你怎么啦?马恒大的这一声惊叫终于让别人相信,这个国产的法西斯老人确实是马骏的父亲。

马骏的声音含混不清,但急诊室里的人们都竖着耳朵听,他说,爸爸我喝坏了。我要死了。不骗你,真的要死了。

马恒大这时也安静了,盲人的表情有时不能反映他的心情,人们只是看到他握着儿子的手,那只手一直在颤抖。人们还看到他的枯涸的眼睛里,滚出了一滴晶莹的泪珠。

爸爸,我答应你,再也不喝了。马骏的嘴角上浮现出一丝模糊的笑意,不喝了。反正我,要死了。

马恒大用手背抹了抹脸,说,大头,你不要破罐子破摔,这次喝成这样,也不都是你的责任,买个教训,以后不喝就行了。浪子回头金不换呢。

马骏痛苦地摇着头,他说,不喝了。上西天了,没酒喝了。

马恒大的手放在儿子的脸上,放了一会儿又松开,他说,大头你能挺住,这一劫挺过去就好了。我都给你安排好了,下个星期就回凤鸣楼上班。还有你的婚姻大事,现在没什么问题了,马帅他妈妈态度转变了,她同意和你复婚了。

马骏努力睁大眼睛看着他父亲,他仍然在摇头,爸爸,爸爸,白忙一场。马骏说,爸爸,来不及了。我要死了。爸爸你来不及了。马骏长长地舒了一口气,急诊室里的人们注意到马骏最后的笑容,马骏最后的笑容看上去有点淘气,同时也非常疲惫。他的手在空中抓了一下,抓到了父亲的手。马骏说,我看见妈妈了,妈妈拉着板车来接我了,她急着让我去侍奉她了。这回我是死定了,可是我死不瞑目,爸爸,我,求你一件事。

一件什么事?急诊室里所有人都对这件事感到好奇,即使是毒酒案的另一个受害人祝天祥也努力地从昏迷中苏醒过来,倾听马骏的遗愿。

马恒大老泪纵横,他说,是马帅的事吧?马帅你放心,我给他存了一笔钱了,他是马家的独苗,我怎么会让他受苦?

马骏表达着他最后的愿望,虽然断断续续的,但祝天祥他们还是听明白了。马骏说,爸爸,不是马帅,是你。

是马恒大?是马恒大什么事?祝天祥他们猜多半是马骏放心不下这个盲人父亲以后的生活,谁都承认马骏是香椿树街最孝的孝子。他们看马恒大的反应,瞎子大概也是这么想的,瞎子的嘴唇颤抖着,好像在说,孝子,孝子啊。

但马骏的遗愿出乎人们预料,他们听清了马骏的声音后,都不相信自己的耳朵。马骏说，爸爸，从小到大，挨了你那么多巴掌，我要打你，一巴掌，打回你，一巴掌。

马恒大沉默了一分钟，他的眼泪像一条小溪似的，从废弃的眼睛里流出来，让人怀疑那么多的眼泪会不会让他重见光明。一分钟的沉默以后，马恒大遂了旁观者的心愿，当然主要是答应儿子的请求，他哽咽了一声，说，公平，公平，我也有打错的时候。大头，你打回一巴掌吧。

然后急诊室里响起了一阵奇妙的沙沙声，那是人们纷纷调整坐姿躺姿以便观望的声音。他们看见马骏，五大三粗的一条汉子，垂死的脸上流露出一种稚气的笑容。他说，爸爸，我真的，真的，要打了。祝天祥他们看见马骏困难地举起他的右手，他的手上还挂着吊针，祝天祥忍不住提醒他，马骏用左手！但马骏已经听不进别人的合理化建议了，马骏的手在空中划了一下，就像是一个吓唬人的假动作。他说，不能打，你是我爸爸。然后祝天祥他们看见马骏的笑容突然枯萎了，马骏的手落在肮脏的被褥上，发出轻微的反弹声。马骏，马恒大的儿子，就这么轻易地放弃了他一生的梦想，这让祝天祥他们感到失望，也让我们香椿树街人对马骏的一生作出了另外一种世俗的评价。

让我们惊讶的还是马恒大。马恒大在儿子马骏成为东城毒酒案的第一死亡者之后，并没有想到追究毒酒的来源，追究制造毒酒者的刑事责任，他只是一味地呼天抢地。过度的悲恸使马恒大老人失去了理智，他突然爬到了儿子的床上，与儿子并肩躺在一起，医生护士都不知道他的用意，他们说，你这是干什么？再伤心也不能影响我们工作。马恒大闭着眼睛，对他们说，闲话少说，你们赶紧给我打一针，打毒针，死得越快越好。医护人员当他是说疯话，他们说，人死不能复生，你老人家不要太伤心了，回家去休息一下吧。马恒大仍然闭着眼睛，看得出他确实是在慢慢地镇定自己的情绪，他们看见马恒大拉住了儿子的一只手，他说，我不伤心，我是不放心。他以为去了那里就躲过我了？没这么容易！马恒大说到这里面容复归平静，那只苍老而有力的手更紧地握住了儿子的手，说，没这么容易，我今天跟他同归于尽！

（1999 年）

群众来信

第 一 天

男医生向病床弯下腰,白大褂发出沙沙的响声,他竖起一根手指,摆在千美的眼前左右晃动。女医生在一边帮腔说,看得见吗?这是几?

千美盯着男医生的那根手指,那根食指,一个陌生男人白皙细长的手指,看上去干净,其实什么都碰,什么都沾,其实是最脏的手指,谁要看你?千美叹了一口气,她转过脸看着墙壁,顺手拉过被子,盖住了裸露的肩膀。

松满隔着被子,用手捅了捅千美,说,医生问你话呢,那是几?

松满的手惹恼了千美的脚,千美的脚在被子下面蹬了一下,又蹬了一下,你捅什么?我看得见,我又不是瞎子。她对着墙壁说,我没什么大不了的病,是给他们气的!

谁?男医生和蔼地笑着,他用目光询问着松满,她是给谁气成这样?

松满摇了摇头,还抠了抠鼻孔。是邻居,松满说,邻居。邻里纠纷。

女医生在一边冷笑,现在的病人真奇怪,她说,自己都会给自己看病,还要我们医生干什么?上医院来干什么?

这时候千美猛地回过头来,她的灰暗的眼睛里突然冒出一朵愤怒的火花,这火花在女医生的脸上燃烧了一会儿,然后熄灭了。她宽恕了女医生,或许是不想得罪女医生。千美看着天花板,她的嘴唇嚅动着,病床边的三个人因此都在等待她说话,可是最终病人只是向天花板翻了个白眼,又闭上了眼睛。

她让邻居家的人打了。松满说。他家一个儿子一个女儿,一个用擀面杖,一个用扫帚,追着她打。她逃回家,上了趟厕所,便血,便了血就躺在床上,就起不来了。

无法无天!这次女医生先叫了起来,她睁大了受惊的眼睛,这不是无法无天了吗?两个年轻人打一个老年人!你们没把他们送到公安局去?

松满又摇了摇头,两个医生能从他的表情中发现某种难言之隐。男医生看了看女医生,责怪她对病人的私生活表现出了不恰当的热情。男医生勾勾食指示意松满出来,松满就尾随他们来到了走廊上。在走廊上松满得到了那个不幸的消息。医生说千美不止是胃溃疡的问题,她得的是癌症。男医生用形象的语言描述千美的胃部,他说她的胃部长了一个像鸡蛋一样的肿瘤,原来她没有察觉,是因为鸡蛋的表面很光滑,但现在鸡蛋壳破了,里面的蛋清蛋黄就流出来了,蔓延开来了。

癌症。松满的头脑嗡的一响，他觉得那个狰狞的字眼就像一只蚊子钻进他的头脑，开始嗡嗡地飞旋。

松满目送两个医生消失在走廊尽头，他看见一个老妇人端着一只便盆从隔壁病房出来，笑逐颜开地冲进厕所里。老妇人说，这下好了，好了，拉出来了，我说的，人只要吃得下拉得出就行，就不怕了！松满来不及思考那个老妇人说的道理，他在想医生所描述的那个鸡蛋。那个破了壳的鸡蛋。本来很光滑的，没有事情，为什么一下子就破了呢？松满认定这个不幸与邻居萧家有关，千美本来揣着一个光滑的鸡蛋，一气之下那个鸡蛋壳就破了。松满站在走廊上怒火中烧，他知道这一切与千美的两封举报信有关，他想千美喜欢举报是不好，可这是她的老习惯，他们怎么可以打她？是他们把那个鸡蛋打破了！松满站在走廊上咬牙切齿，隐隐地听见千美在里面喊他的名字，松满说等一下。松满记得医生的嘱咐，不能让病人知道自己得的是什么病，不能让病人看出家属的痛苦。我去上趟厕所！松满这么高声说了一句就往楼外跑。他在外面的公用电话亭给女儿眉君打了个电话。松满用医生的话向女儿复述那个可怕的鸡蛋，眉君当场在电话里哭起来了。过了一会儿，松满听见女儿在电话里擤了一下鼻涕，然后眉君说，是他们把那个鸡蛋打破了。松满预料到女儿在这个问题上的看法与他是一致的。对，是他们把那个鸡蛋打破了。眉君说她不会放过萧家的儿子和女儿，等到做完手术把鸡蛋取出来，她一定要把它放在碗里送到萧家开的餐馆，让他们看看，让他们看看，他们对母亲的病要负什么样的责任!

千美的群众来信选（一）

工商局：

　　我是香椿树街的一个居民。今来信主要是向你们反映一个严重的问题。一百四十三号的居民萧某某开的龙凤餐馆不讲卫生，乱倒垃圾，严重影响了附近的卫生，使苍蝇蚊子兹（滋）生，还招来了老鼠。更加严重的是他们的排气扇每天对着我家的窗子排出大量油烟，使我家不能开窗，眼看天气转热，我们家里已经热得像蒸笼了。不仅如此，我们每天被迫吸进大量危害健康的油烟，这种情况严重影响了我们的工作和生活。

　　龙凤餐馆这种行为是不合法的，同时也侵害了我们邻居的利益，希望你们能派人来实地调查，对此事作出正确的处理，还附近居民一个清洁安静的环境。

香椿树街一百三十九号居民曾千美
一九九三年六月六日

千美的群众来信选（二）

工商局：

　　我是香椿树街的一个居民。上次来信向你们反映龙凤餐馆的问题，有了一定的结果，使我们群众心里感到安尉（慰）。现在龙凤餐馆的卫生情况有了进步，排气扇也移到了别的位置。但是最近他们在北面的墙上装了空调，空调每天排出大量热气，躁（噪）音很大，使附近居民无法午睡，仍然影响我们的工作和日常生活。希望你们能再来，解决这个新问题。

香椿树街一百三十九号居民曾千美
一九九三年七月四日

第 九 天

　　眉君站着，她父亲坐着，坐在一张从家里带来的小折叠椅上。他们在手术室外面已经等了一个小时了。手术室门上的玻璃不是透明的，从那儿看不见什么，看不见手术的过程和任何细节。也听不见什么，除了大楼外面的漏雨管发出沙沙的排水声，他们什么也听不见。

　　松满说，眉君你来坐，坐一会儿。

　　我不坐。眉君仍然抱着双臂，看着贴在墙上的一张纸条，纸条上写了几个大字：手术重地，禁止喧哗。眉君说，喧哗？莫名其妙，谁有心思在这里喧哗？

　　松满说，来呀，你来坐一会儿，我站站。

　　眉君有点不耐烦，她说，坐个凳子又不是什么享受，烦什么？我没心思坐。

松满说，他们说手术得慢慢等，有的手术要做五个小时。

眉君说，不用你等，你回家睡觉。小孟说那东西拿出来后医生会把它放在盘子里。我带着塑料袋，我都计划好了。你去睡觉。

松满说，我刚才到她床上躺了一会儿，睡不着，一颗心悬在那儿，怎么睡得着？

眉君不再撵她父亲，她努力把耳朵贴在手术室的门上，想听听里面的动静，仍然什么也听不见。眉君突然干咳了一声，她说，那个东西取出来，我马上就送到萧家，我都计划好了。我说到做到。我不放过他们。

松满说，你别赌这口气了，不可能给你的，医生肯定要留着，肯定要做化验什么的。

眉君看了看腕上的手表，她的脸上有一种焦灼的神色。一个多小时了，她说，小孟说这种病手术时间越长越有希望，时间长说明医生在把它拿掉，要是没希望医生就不动它了。

松满疑惑地看着眉君，不动它？让它留在里面？

眉君说，医生都这么做，小孟说医生再原封不动地把刀口缝好，就不管了。

松满站了起来，折叠凳子咯吱响了一下。不管了？松满有点冲动地说，那不是让人等死吗？

你不懂医学，别瞎批评。眉君说，小孟说是免疫力抗体什么的，扩散了他们就不动了。我也不明白，你给人家开膛破肚，怎么能原封不动再缝上，什么都不管呢？拿掉多少是多少，总比一点不拿好呀。

眉君躲避着父亲质询的目光，她转过脸看着昏暗的走廊。松满急促的呼吸逐渐和缓，他重新坐下去。已经一个多小时了。他说，医生一定在替她拿，拿那个，鸡蛋。

我带了三个塑料袋，眉君说，我说到做到，我要把那东西送到萧家去，我让他们追着我妈打！我让他们用擀面杖打人！这种人，举报他们有屁用。为什么要去举报？早知道这样，不如让小孟带几个朋友，把他家的空调砸个稀巴烂！

她喜欢举报。松满说，你不是不知道她的脾性。她跟萧家结怨也不是一天两天的事，以前她就检举过萧家老头偷听敌台的事，他们一家人都恨透了你妈。

眉君想说什么，她身后手术室的门却打开了。眉君慌张地跳到一边，看着从里面出来的女医生。

事情不像他们估计的那样，女医生手里没有任何东西，她正在熟练地把手上的橡皮手套摘下来。门外的父女俩用一种相仿的热切而惊恐的目光看着女医生的脸，看见的只是一副口罩和口罩上面的淡漠的眼睛。女医生说，张大夫在缝合刀口，病人马上就出来了。松满鼓起勇气问，那个，那个鸡蛋有没有——女医生知道他在问什么，她的回答显得非常简洁而干脆。没有拿。女医生说，拿了只能让她少活几天，已经蔓延到全身了。不动为好。你们做家属的，尽量让她快乐几天吧。

先是眉君蹲下来呜呜地哭了，然后松满也把头抵着墙哭出了声音。眉君哭着,手伸到口袋里去掏手帕,掏出来一个塑料袋,她想到刚才还在讨论的那个计划,猛地把塑料袋扔在了地上,就像扔掉了一条蛇,眉君看着自己的手大声地痛哭起来。

这种绝望的时刻,无边的悲伤使人方寸大乱,许多事情,比如向某个邻居兴师问罪之类的事,只能先搁在一边了。

第 十 天

千美醒来的时候窗外正下着雨。听雨声淅淅沥沥的,不像是夏天的阵雨,反而像是耐心的秋雨。窗外的电线上凝结着一排整齐晶莹的水珠,一只麻雀慌慌张张地飞来,站在电线上,看见千美,吓了一跳,又慌慌张张飞走了。

千美眨巴着眼睛,她在判断那些丧失记忆的时间,很快地千美得到了结论。她喊了一声松满的名字,声音太微弱了,松满在看报,他没有听见。千美闻到了一股大蒜的味道,她知道松满正坐在她的床边。千美不再喊了,她努力地偏过头去看对面的病床,对面的病床是空的。千美的眼睛又开始眨巴,她的身子下意识地动了一下,这个动作给她带来了异乎寻常的痛楚。千美知道她不能动,身上到处都插着管子,她的身体现在酷似一袋板结失效的水泥。千美呻吟了一下,她的呻吟终于惊动了松满。松满扔下报纸扑了过来,你醒了?松满手足无措地看着妻子,又向门外张望,说,醒了,醒了该去叫医生。

千美说,对面申阿姨呢?

松满看了看对面的床,说,转病房了。不知道转到哪儿去了。

千美审视着松满的表情,她好像从中发现了问题。骗人,千美的嘴角浮现出一丝洞察一切的微笑,说,癌症,能转到哪儿去?

医生不让你说话。松满说,自己刚醒来就去管别人的闲事。我得去叫医生。

千美闭上眼睛,叹了一口气说,转到哪儿去,转到太平间去了吧?

松满有点焦急,让你别说话你怎么不听呢?他说,我不跟你说闲话,我去叫医生。

千美听见松满的脚步声一路匆匆地响过去,又睁开眼睛,盯着天花板思考着什么。可怜,申阿姨。千美说,一世人生,死在医院里。

女医生进来时,千美装作睡着了。千美不喜欢面对她的那张严肃的自负的脸,或者说千美对女医生充满一种莫名的戒备。这种状况从第一次门诊就开始了。千美不信任何年轻的医生,尤其是年轻的女医生,千美很害怕自己成为这些年轻人锻炼学习的牺牲品。开刀的前夕,她让松满给姓张的男医生送了香烟和酒,怕的就是落到女医生手中。千美讨厌女医生问话的那种腔调,好像得了这么多病是自己惹出来的事,好像是自作自受,好像你是活该,这个女医生心肠硬,不仅心肠硬,医术也不会高明。千美就是这么想的,所以女医生来查房的时候她总是装睡。

女医生问松满,她醒来了吧?

松满说,醒了,又睡了,大概身子太虚了。

女医生说,让她休息,少说话。

千美听着他们的对话,心想说的是废话,不醒不就死了吗?还能躺这儿?这种医生,亏她还是个医生。手术台上下来要休息,少说话,这谁不知道?千美巴望女医生早点走。她心里说你要是想让我休息就早点走,别在这儿惹我心烦。女医生终于走了,女医生一走千美就睁开了眼睛。千美听见窗外的雨声大了,听见松满吃饭时嘴里发出的咀嚼的声音。千美很想知道女儿做了些什么菜给松满吃,她看不见他碗里的菜,所以她问,吃的什么菜?

松满把碗端过来给她看了看,说,你饿了?你现在不能吃,什么也不能吃,给你挂的葡萄糖就是饭,里面各种营养都有了。

千美皱了下眉头,意思是她并非嘴馋想吃,她知道不能吃饭。千美烦躁地咂着嘴,仔细倾听从自己肠胃深处发出的种种细微的声音。我嘴里很苦。千美说,我想吃糖。怪了,怎么想吃糖呢?

你想吃糖?松满不无疑惑地问,糖?什么糖?我得去问医生啊,医生说什么都不能吃。

松满去了一会儿,回来时咧着嘴笑。千美很不高兴,她说,不让吃就不吃,你咧着个嘴笑什么?松满还在笑,说女医生不让吃糖,男医生却允许,但他说只能吃棒糖。棒糖!松满说,就是小孩吃的那种棒糖啊!

千美现在知道为什么松满会笑了。千美白了松满一眼,她说,这有什么好笑的?棒糖就棒糖,我嘴里苦呀,你知道不知道?

松满到医院外面的小店铺买了两支棒糖,棒糖包装成熊猫的形状,松满一路将它们小心地举在手里,跑回病房,他向妻子摇着棒糖说,棒糖来了!千美的目光看上去欲拒还迎,她说,是熊猫的?以前的棒糖是西瓜的,还有金鱼的。松满说,只有这一种,你要想吃别的让眉君带几颗过来。千美说,不用,小孩子吃的东西,都是一个味道,就吃这种吧。

松满在剥糖纸的时候,再次注意到妻子那种渴望的热切的眼神,千美想掩饰她对棒糖的渴望,但她的嘴掩饰不了这种渴望,松满刚刚把棒糖送向她的嘴边,千美的嘴就默契地张大了,松满能感觉到棒糖被咬住的由强渐弱的整个过程。饥饿的鱼在水中咬钩也是这样有力而准确的,松满想说,你像鱼在咬钩呢。他很想这么说,但还是忍着不说这种话,他知道千美不喜欢针对她的任何玩笑。

松满以前从来没有想到他们的夫妻生活中会出现这一幕:他喂妻子吃棒糖。他觉得这种情景有点滑稽,但是松满不让自己往滑稽的方面想,这不是什么滑稽的事情,他对自己说,这不滑稽,千美很可怜,五十多岁的人,不能吃别的,只能吃棒糖,说明千美很可怜。

窗外的雨渐渐地小了,风从几棵玉兰树之间吹进病房,带来一丝湿润的凉意，而空气中那种不知名的药水气味也更加浓重了。松满一动不动地坐在千美的床边，喂她吃棒糖，松满很有耐心地等待千美的每一次吮吸，再等待她的或长或短的品味的时间。甜不甜？松满问道，他知道妻子不愿回答这个问题。千美在品味棒糖的甜味时眼神游移不定，松满猜不出她在想什么，所以他又问了，甜不甜？千美还是不说话，松满觉得这时候妻子很像一个初生的婴儿，而他就像一个哺乳的母亲，这种联想就像给你挠痒痒，松满终于忍不住地笑了。松满知道自己不该笑，他等着妻子的谴责，可是千美这次没有听见他的不敬的笑声。千美突然问，这棒糖多少钱一颗？松满说，两毛钱，问这干什么？

　　松满猜到棒糖的价格是千美回忆某件事情的前奏，果然千美就说了，以前我在糖果店时是两分钱一颗。松满知道谈到糖果店千美的回忆将变得冗长而琐碎，果然千美就说了——一九六〇年困难时期，棒糖都很紧张，他们都偷偷地在店里拿棒糖吃，我一颗也没拿。千美一说话，松满就只好把棒糖放在手里，转动着，听千美说话。千美说，孙汉周还是店主任呢，他当班的时候，把一罐棒糖全卖给了他侄子。我一上班看见罐子里是空的，就问他，他说都卖完了。我说，你怎么一下子就卖完了呢？他还狡辩，说棒糖不是计划食品，怎么卖都行。气得我！我也不跟他说那个道理，当天一封信就写到领导那里反映情况。

　　松满摇了摇头。你别说话了，医生不让你说话。松满听到千美提及写信反映的事情就下意识地摇头，他把棒糖送到千美嘴边，说，少说话，再吃几口。

领导找过孙汉周，只不过给他面子，没处理他罢了。千美说，那时候的领导是最重视群众来信的，不像现在，官僚主义那么严重，你写多少信反映多少问题，他们都不感兴趣。

松满执著地将棒糖放在妻子的嘴边，说，少说话，还能吃几口。

千美嘶哑而疲乏的声音突然有点亢奋，她说，现在不像话，我上次到信访办公室去查，看见我写的三封信都没拆，躺在架子上睡大觉啊。三封信，他们一封都没拆，还说工作忙，来不及，骗人的鬼话！

松满有点生气了，他猛地把手里的棒糖收回来，你到底是想吃棒糖还是想说话？松满说，医生允许你吃棒糖，没允许你说这么多话，你知道不知道？

千美看了松满一眼，看得出松满一旦生气了，千美是有所顾忌的。千美不再说话，她又在棒糖的边缘吸了一口，盯着松满看。松满被她看得不自在了，他说，不是不让你说话，说话费精神知道吗？你现在刚刚动完手术，不能说话。千美看着他的手和手里的棒糖，忽然一笑说，做了几十年夫妻，你还是头一次喂我，喂我棒棒糖！躺在病床上，没想到能修来这个福气。

第十五天

傍晚眉君来了。眉君身后跟着一个穿戴时髦的女人，手里捧着一束鲜花。眉君进来时候就说，胡阿姨来看你了。千美却始终不知道是哪个胡阿姨。等到走近了，千美差点叫出声，原来是以前糖果店的同事胡文珠。千美认不出她是有道理的，胡文珠化了浓妆，烫了头发，以前略嫌瘦弱的身材现在看上去风采照人。千美的目光直直地看着她，寒暄过后，千美说，文珠，要是走在街上，我肯定认不出你来，你哪像是五十多岁的人，你是怎么——你是吃了长生不老药？

胡文珠无疑是那种容易被表扬冲昏头脑的人，她捂着嘴格格地笑着，说几句就笑几声，后来她意识到探望病人不该是这么快活的，就拍着大腿，大发感慨地说，千美呀，我们有十多年没见面了吧？我还记得临走那天下雨，你拿了把雨伞追出来给我，我一直记得呢，一晃就是十年过去了。

十三年了。千美沉吟一下说出了一个准确的数字。好像是突然想到一个有趣的问题，千美眼睛一亮，很自然地问起胡文珠的个人生活，你跟那个广东人，后来有没有再生个孩子？

胡文珠又笑。她一笑千美就知道这个话题有意思了。千美就追着问，有没有生，有没有？

胡文珠终于止住笑说，生什么呀？我跟老黄时已经四十多了。

千美说，怎么不能生？你没看电视上报道的，有人六十岁还生产呢。

胡文珠说，我跟他生？生个屁。

千美从胡文珠的脸色变化中，再次敏锐地发现了什么。她说，怎么啦，我看那个老黄人不错的。你们虽说是半路夫妻，生个孩子也是天经地义的。

胡文珠说，还不错呢，他就不能算人。胡文珠明显不愿将话题停留在那个老黄身上。我跟老黄早散了。胡文珠突然附在千美耳边，压低声音，我找了个台湾的老头。她说着又扑哧一笑，声音忍不住又提高了，年纪大一点，可是人是真好，我图什么？图个人好，有吃有穿就行了！

又结婚了？千美吃惊地张大嘴，她用眼睛瞟了瞟松满。她想看看松满听见胡文珠的话有什么反应，可是松满倚在床上打起了瞌睡。千美又看了眼眉君，眉君的反应竟然是淡淡一笑。她问胡文珠，是台湾老兵吧？胡文珠说，以前是当兵，不过陈先生后来一直做塑料生意，生意不大，有两间工厂——咳，我才不管他的生意呢，有吃有穿就行了。

谈到老兵工厂什么的千美有点插不上嘴，千美眨巴着眼睛，突然想起胡文珠年轻时候美丽活泼的样子，站在糖果店的柜台里，也是这样有一搭没一搭地跟人说话，什么话都跟人说，说什么都会引她发笑。千美想这个女人也奇怪，风风雨雨地过了这么多年，还是这个傻脾气。千美看见胡文珠从提包里拿出一个塑料袋，袋子里装了一捧新鲜的荔枝。胡文珠说，这么点东西，拿不出手，你尝个鲜吧。说着她就剥了一颗荔枝，送到千美的嘴边。

千美第一次品尝到了那种南方水果特有的清甜的滋味。千美突然想到了一件事，她的目光开始躲避对方。千美说，文珠，你好脾气，你是大人不记小人过啊。胡文珠又笑，说，什么大人小人的，你在说什么呢？胡文珠格格笑了几声，笑声很突兀地咽下去了，她的眼神显示出她也想起了某件往事。胡文珠手里抓着荔枝的核儿，沉默了一会儿，她挥挥手，嗨，别提那件事情了，现在想想有什么呀，谁稀罕入那个团？

是我不好。千美说，你把我当朋友看，才把你们家的那些事情告诉我，出身不好不代表你思想就不好，我不该把你的秘密汇报上去的。

好了，别提这事了。胡文珠说，现在说这些觉得怪好笑的。

我记得我答应你不把这事情说出去的，我答应的，可我还是写了汇报。千美叹了口气说，如果我不是团小组长，说不定会替你保守秘密的。

什么秘密呀。胡文珠仍然笑着，不就是姨太太生的吗？现在你出去说，我是姨太太生的，人家不仅不会看不起你，还会更加敬重你。知道吗，那说明你们家以前是大户，是有钱人！

千美也扑哧一下笑了，她说，文珠，你这个人就是心胸宽，要不你也不会这么年轻，气色这么好。不像我，我这人劳碌命，责任心还特别强，也不知道为什么，天生是眼里容不得沙子，事事认真，结果是害了自己。你看我老成什么样了？还得了一身的病！这回进了医院，闹不好就走不出去了。

我的身体也不好，老是头疼。胡文珠说，还有失眠，夜里整夜睡不好。

你那是富贵病，闲出来的病。千美的嘴边掠过一丝讥讽的微笑，她说，你跟我不一样，我是劳碌命，你天生是当太太的命。

千美这时候闭上了眼睛，也许是说话太多疲倦了，也许只是暗示胡文珠探访应该告一段落。胡文珠告辞了。眉君礼貌地把她送到外面，回来时听见病床上的母亲正在大发感慨，现在看出来胡文珠真是个好人。千美说，我提过她那么多意见，人家还来看我。

松满说，就是，你提过她不少意见，现在觉得不应该了吧？

有的现在想想是不应该。千美迟疑着说，有的意见还是应该提的，我实事求是，对的就是对的，错的就是错的。

松满向眉君挤了挤眼睛，父女俩都不说话。

人跟人是不能比。千美说，她还搽香水呢，我不喜欢她搽的香水，难闻死了，你们把窗子打开，把窗子打开吧。

千美的群众来信选（三）

饮服公司团支部：

我店职工胡文珠最近向组织递交了入团申请报告。关于这位同志在我店的政治表现、工作表现汇报如下：

一、政治表现：积极要求上进，平时也能够注意学习提高自己的思想觉悟，政治学习时候能积极发言，并为大家读报。但有时有不健康的思想流露，比如有一次她说美国鬼子长得比苏联老大哥英俊。

二、工作表现：能够为人民服务，对待顾客态度较好，上下班准时，还自备针线包，为顾客提供方便。但有时把个人感情带到工作中，比如她外婆去世那天她在柜台上号啕大哭，在顾客中造成了不良影响。

三、关于胡文珠同志在填写入团申请书中的隐瞒欺骗组织的行为。该同志的家庭出身不是工人，而是工商资本家。该同志的母亲解放前是资本家的姨太太，并非纱厂的童工。希望组织对这一问题调查研究，并对胡文珠同志的行为提出批评教育。

新风糖果店共青团员 曾千美

一九五九年九月十九日

第十八天

八月的天气反复无常，日历上说已经立秋，秋意却充满戒备地躲着人。医院和外面健康的世界一样闷热难耐。病房里的吊扇吹不去郁积的热气，苦了千美，她的额头甚至脚上都长了痱子。松满买来了一瓶花露水，要给千美涂，挨了千美一通抢白。千美说，你要疼死我？去，去把花露水退掉，换痱子粉。

松满说，没有大人用的痱子粉，只有儿童痱子粉。

千美说，痱子粉就是孩子用的，孩子用的东西没有刺激，懂不懂？我就是要用孩子的东西。

松满说，也对，你现在就像个孩子。

松满发觉妻子最近以来情绪恶劣，说她像个孩子其实是在美化她，她对松满和女儿的各种指令接近于刁难，松满敢怒不敢言。他怀疑妻子知道了自己的病情，他问女儿，是不是不小心把病情泄漏了。眉君想了想说，不会，假如她知道了不会光是发火。眉君毕竟心细，她认为母亲的这种变化与胡文珠的到访有关。来自女性的猜疑使松满感到茫然。你说是胡阿姨惹了她？松满说，这是怎么说的，人家好心好意来看她，还给她剥荔枝吃，哪儿对不起她了？是她对不起人家，她也打过人家的小报告啊。

眉君坚持认为母亲是在嫉妒胡文珠，她对松满说，这种事情说不明白，反正你记得一条，要是有她的同事什么的来看她，你要把住关，假如人家是又显年轻又有福气的，你就挡驾，免得她心情不好，不管有理无理，你别把那种人带到她面前来，让她心情好一点，让她快乐几天。

松满在买痱子粉的时候，店主跟他搭讪，买回去给孙子用啊？松满没好气地说，给孙女用。松满后来为千美搽痱子粉，想起他和店主的对话，不禁笑了一声。千美立刻严厉地盯着松满，说，你笑什么？松满说，我没笑。千美说，我听见你笑了，我知道你在笑什么！你觉得我一头一脸的痱子粉很滑稽是吧？你觉得我一把年纪活到狗身上了？你笑好了，我一点也不生气,就要你搽,我苦一辈子了,在店里伺候顾客,在家里伺候你们父女两个,现在病倒了,该享福了,笑什么?没什么可笑的,我要是大小便失禁了,你还要给我换尿布呢,我就当小孩好了,我愿意当小孩。

松满不敢对妻子进行辩驳,只是小心地在她全身搽痱子粉。他看见妻子成了一个雪白的人,一个苍老而衰弱的婴儿,内心感受到一种奇怪的战栗,手渐渐地有点发抖。他说,都涂满了,差不多了。

千美说,人家胡文珠穿金戴银,我没有这个福气,劳碌一辈子,到头来落个又老又丑,一只脚还伸进了棺材。我现在是该享享福了。多搽点痱子粉吧。痱子粉没多少钱,你就多搽点吧。

松满现在相信女儿的猜测了,是那个胡文珠惹了她。人家好心来看望,偏偏就惹了她。松满回味着妻子说的那些话,突然觉得她是在含沙射影,是在埋怨自己。松满想她这是在追根溯源埋怨他们这个家了,她这是在上纲上线搞大批判了。松满想他必须躲一躲,于是他扔下痱子粉说,我去上趟厕所。

松满躲在厕所里,跟一个坐在蹲坑上的病人家属聊天。松满问那个人他家病人得了什么,回答说是胆囊炎。松满忍不住说,那多好啊。那人有点生气,说,得病有什么好的?什么病也没有那才叫好。松满想解释他的话没有什么恶意,但不知怎么却害怕提及千美的病。那人问,你们家的得了什么?松满含含糊糊地说,她的病很麻烦。就走出了厕所。

松满站在走廊上,他在想用什么办法延长这段轻松的时间。松满想不出有什么办法。同时他隐隐地为自己的这个念头感到不安。他想千美病了没多久，他伺候她没有多久啊，怎么会有这种念头？松满怀着深深的自责回到病房，看见妻子仍然静静地躺着，因为痱子粉搽得过多，她额头上的汗水已经凝结成一些细小的粉粒，看上去像是撒了一层水泥灰。松满拿过毛巾替她擦去粉粒，他想说你看你非要搽这么多脸上可以开水泥厂了。但这句话他忍着没说，他说的是另一句话，床底下有西瓜，你想吃西瓜吗？

千美不想吃西瓜，她说，上个厕所去了这么长时间，你在干什么？

松满下意识地想说，他什么也没干，就在走廊里站着。但说出来的却是另一句话，大便拉不出来，便秘了，我的肠子好像出了问题。

然后松满就看见了千美脸上的那种失望的表情。千美沉默了一会儿说，你也老了，回家休息几天，让眉君请假吧，让眉君来吧。

松满张口结舌，他说，不过是便秘呀，我身体好得很。老是让眉君请假，她在单位里影响不好。

千美说，什么影响不好？我要把你的身体拖垮了，传出去那才是影响不好。凡事安排要合理，从今天开始，你和眉君一人一个星期，轮着来。谁也别累着谁。

松满此后一直无法摆脱自责之心，他不能告诉妻子便秘的事是他随口说说的。他知道妻子有超常的分析能力，她会明断信口开河后面潜藏的东西,而这样无疑是他们一家新的灾难。松满的自责是强烈的,他痛恨自己的恰恰就是自己烦躁的心情。他伺候她才几天呀,怎么就烦了?这怎么能让她快乐呢?松满为了惩罚自己,当着妻子的面吃了一堆帮助消化的药片,结果就跑肚了。他一次次地来往于病房和厕所之间,最后他用一种如释重负的语气对妻子说,好了,通了,我没事了。你没听说吗?人只要吃得下拉得出就代表健康,我好了,完全好了。明天让眉君回去上班,还是我来伺候你。

第十九天

眉君问医生,是不是像她母亲那样的病人都嗜糖。医生说以前没有遇到这种症状。医生反问眉君,病人是不是以前就喜欢吃甜的?眉君说,不,她以前从来不吃零食,甜的咸的都不吃。医生也说不出个所以然,就说,让她吃吧,想吃什么就吃什么,不瞒你说,她想吃的日子也不多了。

眉君讨厌医生用这种貌似仁慈的态度说话。眉君举着那颗造型独特的青蛙棒糖回到病房,对千美说,吃!吃!说半天也听不出个科学性来,问他们也是白搭。

眉君把棒糖送到母亲的嘴边,千美闭紧了嘴,她说,我自己拿着吃,你从抽屉里把小剪刀拿出来,替我把脚趾甲剪一剪。

脱下两只锦纶丝袜,千美的两只脚袒露在眉君的眼前。两只粗糙的皮肤皲裂的脚，其中一只脚背上横着一道不知名的伤疤。眉君突然愣住了，母亲的双脚对于她竟然是如此陌生。从小到大，这是她第一次如此专注地看着母亲的脚。眉君经常为母亲买鞋，她知道她的脚是三十六码，但她却头一次把这双脚抓在手中。

你不嫌吧？千美说，你长到十六岁我还替你剪脚趾甲，现在轮到你给我剪了，这辈子大概也就这一次了。

我不嫌。眉君用手指摸了摸母亲脚背上的伤疤，说，这道疤是怎么回事？

切菜刀没抓住，掉到脚背上了，出了好多血。千美说，那时候还没有你呢，你爸爸不在家，我自己用纱布包着脚，一只脚骑车骑到医院里，缝了三针。

我不知道这事。眉君说，你从来没说过。

这有什么好说的？又不是什么英雄事迹。千美忽然笑了笑，说起来我也有过英雄事迹的。有一次在糖果店上着班，化工厂老钱的女儿哭着跑来，说她弟弟掉到河里去了。我二话没说，跳出柜台就往河边赶，大冬天的，我穿着棉衣呢，跳到水里，人像个油桶，光是往上冒，不往前面走，急得我，幸亏那孩子漂得不远，我扑通几下，就把他的手抓住了。

你也没跟我说过这事。眉君笑着，说，那你受表彰了吧？

屁。千美说，老钱还算懂事，见到我点头哈腰千恩万谢的，老钱家那口子真是岂有此理，看见我假装没看见。她跟我结过怨，有一次她来买盐，买了盐回家又来了，说我少称了一两盐给她!

早知道这样,你就……眉君说到这儿把话咽回去了,她意识到那不是母亲的意思,况且这话不该说出口。

做好事不一定有好报的,我现在才想通了。千美响亮地抿着棒糖,说,那时候人不一样啊,救了那孩子以后我倒是等着表彰的,可是谁也没把这事扩大呀。老钱他们自己不去宣传,我总不能自己出去宣传,说我救了个落水的孩子吧。也奇怪,有的人做件好事,也不见得是多大的事,哎,它就能弄得全国都知道。我救了孩子,怎么就像放个屁一样,马上就无声无息了呢?店里的人也都是居心不良,装得谁也不在乎这件事,倒好像我不是救人是推人下河一样!想想也有点思想情绪,后来年度总结的时候,我也不客气了,把救人的事情一五一十地写了进去。他们最后评了我一个先进。

评个先进算什么?眉君说,应该上报纸上电视的!

眉君看见母亲的脸上有一种亢奋的红色,她的眼睛炯炯发亮。眉君凭直觉切断了这个话题,她觉得回忆对母亲的身体不利。于是她大声地拍着巴掌说,开饭了,开饭了。

所谓的饭是白米稀粥和猪肉松。眉君用一把铝质调羹为母亲喂粥,虽然粥并不烫,她还是习惯性地吹了吹。眉君看见母亲紧闭着嘴,她说,张嘴啊,这粥熬得挺香的。千美将头偏到一边,说,我不想吃,我还是吃棒糖。眉君皱眉说,你怎么真的变成孩子似的,孩子才不愿意吃饭光吃棒糖。千美说,你就把我当孩子看好了,你们都把我当孩子看,我也不觉得丢人。

眉君快快地放下粥碗，听见母亲说，吃了就吐，我还是不吃了。眉君说，有时候不吐，你还是试试，吃下去的就是营养，对免疫力有好处的。千美转过脸，躲避着女儿的碗和调羹，说，胃口好的时候舍不得吃，现在想吃了，吃了就吐，这不是在作弄人吗？这不是在迫害人吗？我犯了什么错误要受到这种待遇？想想肺都要气炸了。我现在是满肚子意见不知向哪儿提呀。

天花板上的电扇呼呼地转动着，从楼下的某个地方传来一个女人尖利凄楚的哭声。眉君觉得这种哭声也不利于母亲的心情，她走过去想把窗子关上。千美在后面说，别关窗，我不在意外面的声音。眉君回过头，看见手执棒糖的母亲，看见她的近乎焦黄的失去了水分的面孔，那张面孔上只有一双眼睛是明亮的。眉君竭力想着母亲年轻时候的模样，想起的只是放在家里镜框中的母亲的一张照片。拍那张照片时的母亲大约二十岁，穿列宁装，梳两条辫子，笑得虽然勉强却仍然不失美丽和灿烂。眉君记得的年轻时的母亲其实就是照片上的那个姑娘。眉君站在窗边，看了眼外面的几棵白玉兰树，树上肯定有一只知了，就是看不见。眉君的目光在搜寻知了，但她心里在想着母亲的那张照片。不久以后，那张照片或许就要挂在母亲的灵堂中了。眉君为自己的这种预想感到恐惧，因为恐惧她的眼泪终于夺眶而出。

千美的眼睛仍然明亮，她看见了女儿抽搐的双肩，她知道女儿在哭。千美的脸上浮出一种欣慰的笑容，她说，哭什么？

我也不见得就会死，挺一挺说不定就把病挺过去了。我在想阎王爷要是早早把我勾了去，他也是要后悔的。我这人眼里揉不得沙子，实事求是，到哪儿都要提意见反映情况的。他要是急着把我勾去，那就是抱一个意见箱回去，他有什么好处？

这不是母亲的幽默，是她对那个什么阎王的威胁。眉君意识到了这一点，但她还是忍不住破涕为笑，眉君说，这倒是的，他们都说你是一只意见箱。

我知道他们管我叫意见箱。千美说，意见箱怎么啦？让你长一张嘴，光是让你吃饭的？老师教你写字，光是让你签名领工资的？有意见就得提，有情况就得反映，这有什么错？

病房虚掩的门被推开了，一个矮小而精干的老头提着一筐水果走了进来。是糖果店的孙汉周来了。

孙汉周的到来使千美猝不及防。千美求援似的看了女儿一眼，她的目光包含了几层意思。其一，这是个冤家，他来这儿干什么？其二，虽说这是个冤家，但现在来这儿一定是出于好意，让我怎么跟他应酬呢？眉君对母亲和孙汉周之间的嫌隙有所耳闻，眉君一方面落落大方地让座，另一方面则用警惕的眼光盯着孙汉周，好像时刻防备这个人对病中的母亲作出伤害。

孙汉周嘿嘿地笑，还搓着手，开门见山地说，我代表工会来看你。这开场白也可以理解成两层意思，其一，我个人才不会来看你呢。其二，你是病人，我是健康人，我今天不是来吵架的，是来关心你探望你的。

千美瞥了一眼那只水果筐，看见几只干瘪的橙子和几只青绿色的苹果，心想又不是你个人花钱买礼品，怎么买这些蹩脚东西来糊弄人呢？虽说我不能吃，你就不能买好一点的让人舒服一些吗？千美心里不高兴，嘴上就有点阴阳怪气，说，你还在公司啊？我记得你的年龄也应该退休了，怎么不退呢？

返聘，返聘。孙汉周说。

公司人那么多，又没什么事，为什么要返聘？千美说。

谁说没有事？新开了好几个批发部，缺人手。孙汉周脸上的微笑已经很勉强了，他看了看一旁的眉君，干笑一声，说，这可不是什么走后门，不是不正之风。

千美懂得对方的潜台词，她淡淡一笑，意思是没说你不正之风，心虚什么？现在就是你搞不正之风我也不管了，我想通了。千美用被单把自己的双肩盖住，说，我什么都不管，我现在只管自己的身体。

这就对了。孙汉周说，自己的身体最重要，身体是革命的本钱嘛。世上那么多人，那么多事情，有点不正之风是难免的，你想都反映也反映不过来。

千美当然听出了孙汉周话里有话，他是在挖苦讽刺她呢。他肯定还记恨她。她在糖果店工作那些年来，一共写了多少封针对孙汉周的群众来信，她也不记得了。但千美相信除了"文化大革命"时期的那几封有点上纲上线，其他的都是实事求是的，孙汉周不管是工作上还是生活作风上，问题就是多。千美眨巴着眼睛，很想开诚布公，把这句话当他的面说出来，但看着孙汉周这几年明显苍老的面孔和头上的最后几根可怜的白发，千美失去了勇气，她说，你身体好吗？

不好。孙汉周说，去年拿掉了一个肺，只剩下一个肺在呼吸，好得了吗？

千美哎哟了一声，孙汉周的肺使千美的同情心油然而生。她说，你不能抽烟了，你整天夹着个香烟，弄得店里一股烟臭！记得我给你当面提过意见的吧，对身体没好处，肺上的毛病，都是抽烟抽出来的祸害。

我戒了，孙汉周说，保命要紧。现在我怕烟味。三个儿子在我面前都不敢抽烟。

你小儿子不是在日本吗？千美说，回来了？

去年就回来了。孙汉周说，算是挣了点钱，给我买了一只手表。

孙汉周抬起手腕，原来是想让千美参观一下手表的，看千美没有那个意思，又把手放下了。

千美不看孙汉周的手，她说，我是反对让孩子出国的，崇洋媚外的，外国的月亮比中国圆啊？眉君那年也要出国，我们家松满还跑前跑后地忙呢，我就反对，在国内就没有前途了？非要出国不可？我才不信。

眉君在一边打断她母亲的议论，你在说些什么呢？我那事八字没一撇，不是一回事！眉君还想说我没出国也不是因为你反对，本来就走不成，但她照顾千美的面子，没有说下去。

孙汉周无意再聊下去。他站起来，与此同时千美母女俩看见他面色遽变，他的眼睛惊恐地瞪圆了，嘴巴张得很大，然后是一种剧烈的山崩地裂的咳嗽声回响在病房里。眉君慌忙上去扶着孙汉周。孙汉周面色酽红，弯下腰咳，跺着脚咳，拍胸打肚地咳，咳得空气也在颤个不停。千美瘦弱的身体在这暴风雨般的声音里瑟瑟发抖，她坚持着坐了起来，对眉君说，这么咳要咳出事来的，快，快去叫医生。

大概持续了两分钟，孙汉周的肺部安静下来了，他的人也安静下来。孙汉周叉着腰喘了一口气说，我的肺很脆，就像一张纸。有个中医说，我这病是气出来的。

孙汉周说那句话的时候眼睛看着眉君，但千美明显地听出那句话别有用心，千美原来坐着，孙汉周一言既出，她的衰弱的身子像一段枯木被风吹倒了。她侧卧在床上，拍着床铺说，眉君，把孙叔叔送出去！

眉君送走了孙汉周，慌忙又跑回来，因为在走廊里她就听见了母亲嘤嘤的哭声。千美神情恍惚，她说，他在怪我，你没听见吗？他说是我把他气出来的病。眉君说，你在说些什么？你气他还是他气你？到底谁气谁？千美忽然哭起来，她说，人家什么也没忘，他还记着我的仇。眉君被母亲突发的变化吓坏了，她紧紧抱着她。千美仍然在哭，哭得越来越伤心。她说，我的好处他都忘了，他到现在还记着我的仇！你看不出来，他不是来慰问我的，他是来气我的！什么一只肺一只肺的，难道是我把他的一只肺弄没的？

千美热泪涟涟。眉君知道母亲和孙汉周之间的恩恩怨怨是一池浑水，她无从安慰母亲，就握着她的手说，不哭了，不哭了，医生说你不能发怒，这样对你身体没有好处的。

千美呜咽了一会儿，终于重新躺了下来。眉君用毛巾给她擦脸时候听见她说，以后别让他们进来，他们都没安什么好心。

眉君问，不让谁进来？糖果店的那些同事，一个都不让他们进来？

千美想了想，说，老金人很好，我们同事那么多年从来没红过脸。不过他不会来的，去年出车祸死了。

眉君想起以前糖果店里的一个长着酒糟鼻子的老头，那就是老金，那老头沉默寡言，从来不说话的。眉君想起老金就有点不舒服，她不明白母亲为什么独独与这个老金相安无事。她知道糖果店那么多同事，母亲从来没提过老金的意见。她还记得小时候问过母亲那个老金是不是哑巴，母亲呵斥她说，胡说，人家不过是有点结巴，不爱说话。你别看老金不像孙叔叔那样，从来不逗你玩，那不代表他不喜欢你，那个孙叔叔天天逗你玩，好像多喜欢你，那不代表他就是好同志！

千美的群众来信选（四）

饮服公司党总支：

我是新风糖果店的一名普通职工。最近得知孙汉周同志已被评为年度先进个人，我们店的群众对此反映很大，议论纷纷。为此我代表我店全体职工对这个评选结果提出四点意见。

一、孙汉周同志虽然是党员、领导，但这位同志离党员的要求差得还很远，各方面都不能起党员的模范带头作用，特别是私心杂念比较严重，他对店里的工作经常撒手不管，有重活累活时不是抢着干，而是躲着走，他经常用店里的三轮去煤球店为自己家拖煤。

二、孙汉周同志平时对政治学习很不重视，宣传中央文件时掐头去尾，还经常发一些今不如昔的牢骚，对组织领导有不满情绪。

三、孙汉周同志不注意团结群众，为了两毛钱加班费，与别人拍桌子吵架，还经常骂脏话。

四、孙汉周同志有弄虚作假现象，我们店群众评议先进个人是金福生同志，金福生同志不管是在思想还是工作上都获得了群众的一致好评，我们一致推选他为先进个人，上报的名单为什么变成孙汉周了呢？希望上级领导调查。

总（综）上所述，希望党总支对我店先进个人人选问题采取慎重的态度，多听群众意见，树立真正的先进典型，激励我们为四化建设作出更多的贡献！

此致

革命的敬礼！

新风糖果店职工

一九七八年三月十日

千美的群众来信选（五）

饮服公司党总支：

我是新风糖果店的普通职工。来信向你们反映我店孙汉周同志利用职权向本人进行打击报复的严重问题。

由于本人向党总支反映过孙汉周的问题，使他没有评上先进个人，孙汉周怀恨在心，在工作上多次给我穿小鞋，并且编造我的黄色下流的谣言。他还曾在店里对我说，我跟他斗就是跟党斗，我反对他就是反对无产阶级专政。

我虽然只是普通群众，但对党对社会主义有深厚的无产阶级感情，我不怕打击报复，学习张志新，学的就是她的真诚无私和大无畏的革命精神。我有决心跟不正之风斗争到底。同时我希望上级领导重新考察孙汉周预备党员的资格，保证我们党员队伍内部的纯洁。这不仅是我个人的要求，也是我们店广大群众的强烈要求！

此致

革命的敬礼！

新风糖果店职工　曾千美

一九七八年四月二十日

第三十三天

男医生暗示过松满好几次了,病人应该回家,留在医院里已经没有任何用处。松满不理会他的暗示。松满告诉他,病人虽然病得厉害,但凡事还是由她做主,她现在还想留在医院里配合医生,与病魔作斗争,你们怎么能让她回家呢?

女医生开门见山地让松满办出院手续,她说话常常显得很不中听。公费医疗就是弊病多,她在办公室里大发议论,把医院当免费旅馆了,把医生当巫师了,明明知道没救了,偏要赖在这里,病人不知道自己的病情,你们当家属的也不知道?松满对女医生的这种态度非常愤怒,他拍着桌子说,你少给我耍态度。你们的责任就是救死扶伤,不想救不想扶也不行,不想干就把这身白皮脱了。

松满怒气冲冲地走出医生办公室,气得双手发抖,他想这是怎么说的,医生怎么可以赶病人走?病人已经够可怜的了,你就是治不了她也不能逼她走啊。松满的倔劲上来了,走到病房门口,眉君迎上来问,是不是催出院?松满张嘴就骂了句脏话,说,不理他们,我们不出院,我们就偏偏要赖在这里。

松满知道与医生怄气的结果可能导致千美死于医院的病床,这明显是不合风俗礼仪的。松满其实心里有点发虚,他试探着问千美,你的病已经稳定下来了,你是想回家还是留在医院里?千美用她明亮的眼睛注视着松满,说,你说呢?我听你的。松满从妻子的眼神里发现她也在试探，她将把松满的回答以及反应当做一面镜子，从中发现自己真实的病情，看看自己离死亡到底有多远。松满不上她的当，他说，住着吧，稳定一阵再说。松满很快意识到自己是对的，他看见妻子点点头，脸上浮现出一种欣慰的笑容。千美说，我就是怕把你和眉君拖垮了，要不然夜里不要你们陪了，你们都回家睡去。松满说，不行，得陪夜。等你好了出院了，我把乡下的侄女叫来伺候你，我就专门睡觉好了，有得睡呢。

松满惊讶于自己撒谎的本领。他现在几乎天天对着妻子撒谎，不知怎么谎言便出口成章。松满为自己的谎言感到得意，他想，现在能做什么呢？他就是变成一头牛也不能把千美从生命那一端拉回来了，只能按照医生说的，尽量让她快乐几天了。

让千美快乐。整个七月和八月松满和眉君一直在为此忙碌。父女俩深知千美的为人脾性，让她快乐用语言是不够的，用物质也适得其反。千美一贯讨厌甜言蜜语，她认为甜言蜜语的背后一定是口蜜腹剑。千美一贯节约成性，你买任何她喜欢的东西也不能得到夸奖，买贵了是浪费，买便宜的是便宜无好货。父女俩除了迎合千美对棒糖的特殊要求，没有别的办法能够让她真正地快乐起来，松满为此愁白了头。

这一天机遇突然来临。那天早晨千美正昏睡着，松满看见邻居老萧在门外探头探脑的，手里还提着两盒中华鳖精。松满没想到老萧会来，他下意识地冲出去阻挡老萧迟疑的脚步，惟恐他的到来使病人受到新一轮的刺激。松满把老萧推到一边，可老萧的一句话就把善良的松满打动了。

松满，你要是个人，就可怜可怜我，让我给千美赔个礼道个歉吧。老萧说。

松满从老萧湿润的眼睛里感受到了人家沉重而真挚的歉意。老萧已经从别人嘴里知道千美的病情了，老萧说他们老夫妇俩已经三夜没睡着觉了。他们把一对开餐馆的儿女骂了个狗血喷头，让他们还千美阿姨的一条命。他们还不出命，他们就掏钱买了两盒中华鳖精让他觍着老脸送来。松满连忙说，千美的病早就生在身上了，不能把责任怪到他们头上去。打人是不对，打一个老年妇女更不对，但再怎么打人也不能把癌细胞打到她身上去，所以这事不能赖在他们头上。老萧看上去很赞同松满的分析，但嘴上还恶狠狠地说，不赖他们赖谁？街上都传开了，说萧家把千美气出了癌症。松满看老萧很冲动的样子，反过来好言安慰起他来，其实这事千美也有责任的，她就是吃不得亏，容不下人，你们家的餐馆要说影响别人也不止影响我们一家，别人都没事，就她不依不饶，反映这反映那的，她的脾气你也知道的，一辈子就是个意见箱，要改也改不了。老萧苦笑了一下，沉默片刻，突然说，千美的意见管用了，我们家的餐馆没了。这下是松满吃惊了，他说，怎么啦？怎么就没了呢？老萧说，让工商局查封了，千美说得对，只有街道的许可，没有工商局的批准，是不合法。

松满看着老萧，就是在这个瞬间，松满自信地认为找到了一件让千美快乐的事情。让她快乐，她会为此快乐的。松满心里这么想着，分外热情地抓住了老萧的手，老萧最终被他领到了千美的病床边。

千美从昏睡中醒来，受惊似的看着两个男人。她认出了老萧。又来了一个不该来的人，千美用谴责的目光询问着松满，那意思是说你怎么让这个人进来了，你是要把我活活气死吗？

龙凤餐馆关门了！松满大声说道，关门了！关门了！他的声音听上去无比欢快。他丢给千美一个狂喜的眼色，正如他预料的那样，千美立刻瞪大了眼睛，将信将疑地看着他，等着他往下面说。龙凤餐馆关门了！松满又嚷了一声，这时他突然意识到老萧的存在，他觉得如此快乐地渲染这件事情不太妥当，况且把自家的快乐建立在别人的痛苦之上有点不近人情，所以松满下意识地压低了声音，关门了，他说，老萧在这儿呢，让他跟你说吧。

老萧在椅子上欠了欠屁股，涨红着脸说，松满没骗你，我们家的餐馆让工商局查封了。

千美说，怎么啦？

我们确实没有执照。老萧苦笑了一下，说，工商局很重视你的群众来信，他们来查执照，我们执照还没到手，他们就把餐馆封了。

千美嘴里发出一种含糊的喉音，不知道是表示欣慰还是惋惜。

空调我让儿子拆下来了，装到家里去了。老萧说，排气扇没拆，不过反正不用了，也不会再吵你们了。

千美眨巴着眼睛，看着天花板，说，我不是那个意思，我不是有意跟你们家过不去。我是让工商局来解决问题，不是让他们来查封的。工商局这样处理问题是不对的。

没办法。谁让他们不懂法，执照不全就开张呢。老萧说。

千美示意松满将棒糖递给她，千美将棒糖放在嘴里吮了几下，又问老萧，餐馆没了，你儿子在干什么？

什么也不干，在家啃我们的老骨头。老萧说，天天出去打麻将，挣几个辛苦钱，全扔在麻将桌上了。

不能赌。赌博害死人啊。千美顺口批评了几句，说，那你女儿呢，她回袜厂上班了吧？

还上什么班？老萧说话的声音里充满怨气，她是辞职的，回不去了。没脑子，也不跟我们商量一下就辞职了。

年轻人办事就是毛糙，做父母的说破嘴也没用的。千美说，那女儿准备干什么呢？

也在家，天天睡，睡完了吃！也来啃我们的老骨头呀。老萧说，我们有什么办法？总不能赶他们走。啃吧，都来啃，这把老骨头啃完了，让他们喝西北风去！

千美被老萧嘴里突然喷出的唾沫吓了一跳，她木然地看着老萧怨天尤人的脸，张大嘴想说什么。老萧和松满等着她说什么，但千美突然把头转了个方向，脸朝着墙，说，我头疼，疼得快裂开了。

松满从千美的脸色中发现老萧最终没有给她带来什么快乐。松满想要是这件事情光有前半截就好了，偏偏要说起老萧那儿子那女儿，一件快乐的事情就这么变成了不愉快的事。松满很沮丧，他把老萧送出来，对他说了一句很不中听的话，你那个儿子，再不管教迟早要惹大乱子的。老萧听得莫名其妙，他说，我儿子又干什么了？松满又说，你那女儿也不像话，她那打扮，简直就像个妓女！

松满回到病房就听见千美呜呜的哭声。千美为什么哭，松满也猜到了几分。松满说，你哭什么？你为那两个混账东西哭，犯得着吗？千美说，我不该写那封信的，第一封信写了，第二封信不该写的，是我把他们家害了。松满心情恶劣，赌气似的说，怎么不该写？就该写，写两封信我看是少了，这种人家，就该让他们吃点苦头！千美仍然哭，边哭边说，他们让我弄得没工作了，我成了萧家的害人精了。我担不了这个恶名啊。千美的哭声停不下来，松满慌了手脚，他过去握住她的手说，别胡思乱想，人家没有怪你，人家还来请罪，你忘了是谁把你气到医院里来的？到底是谁害谁，你不能犯糊涂嘛。

松满说什么千美也听不进去。千美突然坐起来，用嘶哑然而不可抗拒的声音说，拿笔来，拿纸来，我还要向工商局反映情况。我要替萧家说说话。

松满费了点口舌，最后还是没能说服千美。松满一赌气就拿了一沓空白病历纸来，说，手指都肿成什么样了，你还要写，有本事你把这沓纸都写满了！

千美不理会松满的挖苦打击，就像从前的许多时候一样，千美在病床上正襟危坐，开始了她一生最热爱的工作。千美先

群众来信　205

用圆珠笔在纸上画了一下，证明圆珠笔走墨流畅，然后她眨巴着眼睛开始了紧张的构思。大约五分钟后，千美构思成熟，脸上出现一种专注的凝重的表情。松满亲眼看着妻子用浮肿的手指在病历纸上写了那封特殊的群众来信。

千美的群众来信选（六）

工商局领导：

　　我是香椿树街的居民。今来信代表街道一部分居民，就贵局查封龙凤餐馆一事提出我们的看法和意见。

　　龙凤餐馆经营期间因为管理不善曾经给当地居民带来影响，但经过友好协商，大家互相谅解，问题已经基本解决。现在因为执照的问题查封餐馆，给经营者萧某某一家生活带来了严重的后果，使他们的基本生活无法维持。党中央号召安定团结，解决百姓的生活困难。工商局这种一刀切的做法有背（悖）于中央精神，希望你们能采取具体情况具体分析的态度，在公正执法的同时体贴（恤）民情，为龙凤餐馆提供临时营业执照，帮助萧某某一家渡过目前的难关。

　　此致

　　　　　　　　　　　　　　　敬礼

　　　　　　　　　　　香椿树街居民曾千美于病中

　　　　　　　　　　　　　　一九九三年九月十日

第四十一天

暑热已经被西风吹去，窗外的知了也显得安静了许多。眉君这天来医院时带来了一枝桂花。她把桂花插在一只水杯里，对千美说，买到桂花了。闻到香味了吗？小孟昨天听你说闻到桂花香了，今天就跑到花鸟市场去，还真的让他买到了。

千美不说话，千美只是用一种漠然的目光看着女儿。

眉君说，你没闻到？不喜欢了？小孟以为你是想闻桂花香呢，难得他这么细心，还知道讨你高兴。

我不高兴。我有话问你们。千美突然说，我的手术到底是谁做的？

眉君一下没有反应过来，手术？她说，什么手术？

千美说，谁给我做的手术？

眉君意识到这段时间里发生了某件可怕的事情，她一下就慌了。怎么啦？眉君说，是张医生做的手术。手术怎么啦？

千美说，不是张医生做的，是刘医生。你们别骗我，我都知道了。

眉君几乎叫起来，谁说的？谁在跟你胡说八道的，缺了大德了。明明是张医生做的，怎么是刘医生？谁这么骗你我打烂他的脸！眉君环顾着病房里的其他几个病人，说，谁这么胡说，缺了大德了！

病人们都躲避着眉君咄咄逼人的目光。他们的表情都有点不快，他们的表情在说话，你别冲着我们来，关我们屁事！

眉君呜呜地哭了起来，她说，这到底是谁说的鬼话呀？气死我了，气死我了！谁跟我妈说这话，让她不得好死！

千美不为女儿的哭声所动，仍然用一种平缓而冷峻的语气盘问眉君。刘医生怎么给我做的手术？千美说，有那样做手术的吗？把我的肚子打开，看一眼，说不行，就又缝起来？有这样做手术的？他们把我当什么，当一头猪？

眉君绝望地叫起来，胡说，他们在胡说，你别听他们胡说。

千美说，他们没胡说，你们在胡说。我一直由着你们在骗我呢。我得的什么病？不就是个癌症？癌症也得治。治得好治不好是另外一回事，你们怎么能这么干，把我的肚子打开，看一眼就缝上，有这样给人治病的吗？我是血肉身体，不是一匹布，怎么把我当量米袋子啊，随便剪一刀，随便缝几针？

眉君说，没人把你当量米袋子，他们给你做手术了，把不好的东西都拿出来了啊。

千美说，你还在骗我？我都知道了，什么也没拿，他们就看了一眼，看一眼就缝上不管了。怎么能这样？说是没法治？有法治要你们医生干什么？说是没那个技术，没那个技术就别把人弄到手术台上去。滑稽，有技术给我开膛破肚的，就没技术动手术？把我当什么了？我是个活人，不是孩子过家家的布娃娃。怎么能这样？灌肠，上麻药，切肚子，打开肚子又缝上了，原封不动！又缝上了！

眉君惊恐地看着母亲。她觉得母亲红光满面，多日来积聚在她眉眼之间的死亡之气无影无踪。她听出母亲的平静的声音铿锵有力，一反几天来衰弱无力的模样。眉君感到害怕，害怕的不仅是关于手术细节的败露，更害怕的是母亲的这种亢奋。她记得医生预测过母亲的弥留期，就是这几天了。眉君害怕这是母亲的回光返照。眉君止住哭泣，突然被一个强烈的念头所攫住，母亲就这几天了，就这几天了，让她快乐，让她快乐，让她去埋怨，让她去发泄。眉君这么想着就不再去压抑母亲的悲愤，她迎合着千美，突然骂了一句，张医生，刘医生，都不是什么好东西！

眉君注意到其他病人用一种惊愕的目光瞪着她，眉君毫不在乎。她是为了让母亲快乐，为了让她快乐，眉君加大音量，又骂了一句，都不是好东西！

千美眨巴着眼睛，数滴浑浊的泪水淌过她鲜红的面颊，她的喉咙里开始发出一种痛苦的声音，不要骂人，她说，骂人不能解决问题。

眉君替母亲擦去泪水，看见母亲的泪水，心中充满莫名的酸楚。她说，就是要骂，就是要骂他们。医生医生，治不好病，救不了人，穿着白大褂在这里骗人！

话不是这么说。千美说，人得了不治之症，怪不得医生。我生气不是他们治不好我的病，是他们的医疗作风！怎能这么对待病人？不管手术有没有用，你得做不是？不能推说做了没用就不做了，就缝起来让病人等死去了！

不是东西。眉君顺嘴骂着,她说,什么主治医生?都是废物,是骗子!

骂人是最没用的。千美说,还是要反映上去,这种医疗作风,也不是一天两天了,把人的肚子当西洋镜,看一眼就合上。为什么没人反映上去?

眉君看见母亲的眼睛里有一道坚韧的明亮的光芒,她几乎猜到母亲要干什么了。眉君心里在嘀咕,又要写信了,你的手连笔都握不住了,还要写信!但是为了让母亲快乐,眉君下意识地顺着她说,我来写信,我来反映!

千美艰难地瞥了女儿一眼,她的眼神中流露出一丝犹豫,但很快地她摇了摇头。不行,你们反映我不放心。千美说,你们说不到点子上,人家不会引起重视,不引起重视,写了也没用。

眉君脑子里只想着让千美放弃写信的念头,她说,你不放心我,让小孟写总行了吧。大学生,写封群众来信,还怕说不到点子上?

千美笑了笑说,大学生不一定就能写好群众来信。群众来信不要文采,反映问题主要是能说在点子上。

眉君不忍心跟母亲争论,她抓住她的手,检查母亲的两只浮肿发白的手。我不让你写。眉君说,你怎么说我也不让你写。说什么都不行,要写我们来写,我不会让你写的。

千美说,你要是真的想让我快乐,就去拿纸拿笔。我不写,我说你写行不行?

眉君皱着眉头凝视母亲失去弹性和水分的十根手指,一一抚弄着，没有说话。

千美说，我知道你们想方设法让我快乐几天。那为什么还要惹我生气？去吧，去拿纸笔。我不是瞎子聋子，我不做这种医疗作风的牺牲品。只要还有一口气，我就要向上面反映。

眉君沉默着松开母亲的手指。她想起从前有个邻居小孩问过她一个问题。小孩说，你妈妈整天在写什么？她回答说她在写作业。这是千美从前对女儿常常用的一个借口，她对眉君说，别来吵我，妈妈急着写作业，妈妈也有作业。眉君想起青年和中年时代端坐在桌前的母亲的背影，心中并没有一丝温馨的感受。眉君突然间失去了耐心，她站起来，说，写吧写吧，让你快乐！写！眉君蒙住自己的脸向医生办公室跑去，她不知道自己为什么哭了。她一边哭着，一边用异常凶恶的腔调向医生护士们嚷嚷，拿纸来，拿笔来，我母亲要告你们的状！

千美的最后一封群众来信（口授）

第二医院院领导：

我是贵院内二科的一个住院病人。上个月做了肿瘤切除手术。令人气愤的是主刀医生刘某某将我的腹腔打开后，未作任何手术处理就缝上了。她的借口就是癌细胞扩散，无法治疗。致使我失去了与疾病斗争的机会，只能眼睁睁地躺着等死。

据我了解，许多癌症病人在贵院受到了这种不负责任的待遇，他们在遭受疾病折磨的同时，也受到了身心的伤害。我代表所有受害者强烈呼吁贵院加强医风医德的建设，这种无视病人生命安危的医疗作风一定要整顿了！

内二科住院病人　曾千美
一九九三年九月十八日

第四十六天

　　松满和院长的谈话进行了大约半个小时。半个小时后，松满低着头走出院长办公室。眉君等在外面，焦急地看着父亲。谈什么了？眉君说，谈这么长时间，谈出什么结果了？松满仍然低头向前走，他说，人家很重视她的信，人家五个院长为她的信专门开了一个碰头会。眉君说，开会有什么用？他们到底准备怎么治疗？松满这时站住了，看了眼眉君，头又扭过去，说，他们问我要不要再重新做手术，他们让我们随便挑选主刀医生。眉君愣了一下，突然叫起来，那不是要她的命啊？她现在风一吹就倒，怎么经受得住？松满说，医生也这么说的，说要是做第二次手术，很可能就死在手术台上了。眉君追着父亲，问，你怎么说的？你没有答应他们做第二次手术吧？松满苦笑了一下，说，我怎么敢答应？我对他们说了，这事得问她自己。

　　回到病房之前，父女两人不约而同放慢了脚步，他们站在走廊上，想商量一下口径，但不知怎么的，两个人面面相觑，谁也没说什么。松满先走进了病房,大声地对着妻子的床说,人家很重视你的信,很重视啊!

千美从昏睡中醒来,她的黯淡的眼神一刹那间燃烧起来,目光炯炯地盯着松满,说,怎么个重视法?

松满说,五个院长,专门为你的信开了会,他们说要大抓特抓医疗作风。

千美说,光是嘴上说说没用,怎么抓得看行动。他们有什么实际行动?

松满瞟了女儿一眼,说,眉君,有什么实际行动?你跟你母亲说。

眉君扭过脸,说,人家跟你谈的,你不说怎么让我说?

松满低下头,向地上吐了一口唾沫,然后他用鞋底不停地擦着那摊污迹,他们说可以再做一次手术。松满终于开口说了,他们随便我们决定,要不要再做一次手术,主刀医生随我们挑。

千美说,这有什么难开口的?是好事啊,说明他们真的重视我的意见。

松满说,第二次手术,有点……我没决定。松满抬头寻求女儿的帮助,但眉君赌气似的避开松满的目光,不知在生谁的气,她走到窗前,抱着双臂看着窗外。

千美明显意识到了什么,眨巴着眼睛,盯着天花板看。你没决定?让我自己来决定?千美说,我知道你们怕什么?怕我撑不住,死在手术台上?

松满不说话，不说话代表他默认了妻子的分析和判断。

千美沉默了一会儿，突然笑了一声，这就是你们的不是了，人家很重视，人家要解决问题，你们怕这怕那的，就不怕人家笑话？人家会说，你们在搞什么名堂？早知道这样，你们提什么意见？

松满支吾着说，提意见归提意见，这不是一回事。你现在的身体，不能再上手术台折腾了。

千美说，那我的意见不是白提了？那我不是变成无理取闹了吗？

松满说，那是两回事，你不能为了面子过不去，冒这个险！

千美说，不是面子的事，是做人的道理。再说我还怕什么危险？冒不冒险我都活不了几天了。

松满说，你是糊涂了。你不知道自己的身体？你这么糊涂我也不管了，我告诉你，再来一刀，你怕是下不了手术台了！

千美看了眼松满，她的嘴角上挂着一丝笑意，眼神里却都是失望。一辈子夫妻做下来了，你还不知道我的脾气，千美说，我是怕死的人吗？我不怕死。

松满说，不怕死也不能去送死！

千美说，该送死就得送死，他们能接受我的意见也很不容易，解决问题，大家都要做出努力。大家要配合。

松满说，什么努力？什么配合？努力去死啊？你这是什么脑筋呀？

千美说，你又要骂人了。我什么脑筋，人的脑筋！最多是钻了牛角尖,要说钻牛角尖,我钻了一辈子了,临死再改,自己不是当了自己的叛徒?我不当叛徒。

松满说,你还是在钻牛角尖,就像你以前写那么多信,都是钻的牛角尖啊,你自己知道不知道?

千美说,我知道,怎么不知道?千美说着叹了口气,你数落我数落了一辈子了,你们不是想让我快乐的吗?想让我快乐还来数落我!批评我?我的快乐现在就是去送死,我不怕你们去跟别人说,说我疯了,我就是要去送死。

松满终于用双手蒙住脸,不让妻子看见他眼里的泪。松满说,随便你,我不数落你了,是你的性命,随便你吧。

千美叹口气,说,这就对了,是我的性命,我知道我的性命还能派什么用处。我这小半条命,还能用来整顿他们的医疗作风,划得来呀,死得其所。

窗边的眉君这时失声痛哭起来。千美注视着女儿抽搐的肩头,面容安详。千美作出了这个决定以后,面容安详。窗外西风呼啸,预示着秋天正在深入医院和整个世界。窗外的西风渲染了病房里的一片沉寂。病房里的一家人此时都听见了输液瓶的滴水声。千美躺在病床上,面容安详。大约过了五分钟,她轻声对女儿说,眉君,拿梳子来,替我梳一梳头。

最后一天

上午九点三十五分。癌症病人曾千美在第二医院的手术台上停止了呼吸。

主刀的张医生走出去向病人的家属通报这个不幸的消息。他走出手术间的大门，看见死者的丈夫蹲在墙角边，一只手顶住肿胀发亮的下颌，木然地瞪着他。

张医生说，很抱歉，你们准备后事吧。松满靠着墙慢慢站起来，木然地瞪着医生。张医生心中很坦然，知道一切都有对方签字为据，这不是医疗事故，所有当事人对这个结果已经有所准备。张医生说，真的很抱歉，病人的内部器官全面衰竭，我们无能为力了。

松满使劲地点头，用手指指着自己的下颌，牙疼得厉害。我有准备。他说，疼死我了。我们不怪你，我们没有意见。我们不会再提什么意见了。

虽然松满发出的声音需要仔细辨别，张医生还是听清了对方的意思。张医生的脸上露出了欣慰的笑容，对松满说，你牙龈发炎很厉害，去口腔科看看吧。

松满摆了摆手，意思是这种时候他没有时间去管自己的牙齿。他转身拿起一只可以折叠的小板凳，说，我女儿马上要来的，她要是跟你说什么难听的话，张医生你别生气。张医生认识眉君，他知道所谓的难听话是什么，他心中很坦然。张医生说，没有关系，我们理解家属的心情，说些难听话我们不会计较的。

张医生对松满最后感激歉疚的眼神印象很深刻，事实上他不是经常能遇到这种宽厚的理智的家属的。张医生心中对松满陡增好感,破例和松满握了握手。然后他看见松满一只手挟着折叠板凳,一只手伸到裤子口袋里掏着什么。松满掏得很费劲,引起了张医生的好奇,他看着松满手里的东西。那是一根已经融化了的做成熊猫形状的棒糖,棒糖顽强地黏在松满的手上。松满有点发窘,努力地将棒糖从手上剥离开来,我在找一封信,他说,昨天夜里我爱人嘱咐我写的,不是提意见的,是表扬信。她说不管她是死是活都要写这信,因为你们医院的医疗作风有了改善。张医生惊讶地看着松满,一时不知说什么好。松满还在掏口袋,说,怎么找不到了?明明是放在口袋里的。松满焦急地拍着衣服裤子上的每一个口袋,突然想起了什么,对了,在病房里,在枕头下面!松满这么叫了一声,就挟着那只折叠小板凳,风风火火地跑了。

张医生没有等松满把信拿回来,他只是个医生,许多事情与他无关。他回到手术间时,向外面张望了一眼,走廊里空荡荡的。张医生关上门去洗手,洗了手他就准备下班回家了。作为一个医生,他知道从今天开始,病人曾千美以及家属与他不再有任何关系了。

(1998年)

图书在版编目（CIP）数据

驯子记/苏童著.-上海：上海文艺出版社.2020（2025.7重印）
（苏童作品系列：新版）
ISBN 978-7-5321-7462-1
Ⅰ.①驯… Ⅱ.①苏… Ⅲ.①中篇小说－小说集－中国－当代 Ⅳ.①I247.5
中国版本图书馆CIP数据核字(2020)第027377号

发 行 人：毕　胜
责任编辑：李　霞
装帧设计：谢　翔

书　　名：	驯子记
作　　者：	苏　童
出　　版：	上海世纪出版集团　上海文艺出版社
地　　址：	上海市闵行区号景路159弄A座2楼 201101
发　　行：	上海文艺出版社发行中心
	上海市闵行区号景路159弄A座2楼206室 201101 www.ewen.co
印　　刷：	崇明裕安印刷厂
开　　本：	890×1240 1/32
印　　张：	6.875
插　　页：	2
字　　数：	137,000
印　　次：	2020年4月第1版 2025年7月第3次印刷
ISBN：	978-7-5321-7462-1/I·5935
定　　价：	37.00元

告 读 者：如发现本书有质量问题请与印刷厂质量科联系　T:021-59404766

中篇小说卷

肉联厂的春天
桂花连锁集团
驯子记
群众来信

上架建议：中国当代·名家

ISBN 978-7-5321-7462-

9 787532 174621

定价：37.00元